AUTORA BESTSELLER DA USA TODAY
Kimberly Knight

Tudo o que eu Sempre quis
B&S 3

Editora Charme

Copyright© 2014 Kimberly Knight
Copyright© 2017 Editora Charme

Nenhuma parte deste livro pode ser reproduzida, digitalizada ou distribuída em qualquer formato impresso ou eletrônico sem permissão. Este livro é uma obra de ficção e qualquer semelhança com qualquer pessoa, viva ou morta, qualquer lugar, eventos ou acontecimentos, é pura coincidência. Os personagens e as histórias são criados a partir da imaginação da autora ou são usados de forma fictícia. O assunto não é apropriado para menores de idade. Este romance contém linguagem imprópria, situações sexuais explícitas e consumo de álcool.

1ª Impressão 2017

Produção Editorial - Editora Charme
Capa arte © por Knight Publishing & Design, LLC e E. Marie Fotografia
Modelo masculino capa - David Santa Lucia
Modelo feminino capa - Rachael Baltes
Tradutora - Leonor Cione
Preparação de texto - Janda Montenegro
Revisão - Jamille Freitas e Ingrid Lopes

Este livro segue as regras da Nova Ortografia da Língua Portuguesa.

CIP-BRASIL, CATALOGAÇÃO NA PUBLICAÇÃO
SINDICATO NACIONAL DE EDITORES DE LIVROS, RJ

Knight, Kimberly
Tudo o que eu sempre quis / Kimberly Knight
Série B&S - Livro 3
Editora Charme, 2017

ISBN: 978-85-68056-48-6
1. Romance Estrangeiro

CDD 813
CDU 821.111(73)3

---

www.editoracharme.com.br

Dedicatória

Para os meus amigos e familiares, que me deram a coragem de continuar escrevendo. Este ano foi difícil, e, sem o amor e o apoio de vocês, eu não teria conseguido terminar a história de Brandon & Spencer.

Capítulo Um

Meu pai, Kevin, me disse uma vez que sabia que queria casar com a minha mãe um mês depois de começarem a namorar. Disse que um homem simplesmente sabe, e, se você está namorando há mais de um ano e ele não mencionou casamento, caia fora do relacionamento. Rápido.

Pensei que ele só estava encantado pela minha mãe, mas aqui estávamos Brandon e eu, noivos, menos de um ano depois. Eu não poderia estar mais feliz. Brandon tinha entrado na minha vida na hora certa, como se fosse intenção do destino que tudo acontecesse. Levando em conta estes últimos oito meses e todas as situações com risco de morte, eu não mudaria nada. É verdade o que as pessoas dizem: as coisas acontecem por um motivo. Eu apenas esperava que Christy, Michael e Colin recebessem o que mereciam, uma vez que o julgamento começasse, para que eles ficassem fora das nossas vidas para sempre.

Olhei fixamente para o anel que Brandon tinha me dado há menos de uma hora, ao mesmo tempo em que as palavras do meu pai ecoavam na minha mente. Fiquei de costas para o jato quente de água admirando meu anel novo. A luz da janela do banheiro refletiu no diamante de corte princesa, de dois quilates e meio, envolto em um halo com pequenos diamantes redondos ao longo de todo o anel.

Depois de alguns minutos, me dei conta de que ainda estava sozinha no chuveiro. Brandon não tinha voltado de verificar quem estava na porta, e isso me deixou nervosa. Enxaguei rapidamente o sabonete do corpo e comecei a desligar a água, quando a porta do chuveiro abriu e Brandon deslizou para dentro. Seu corpo firme e esculpido se aproximou do meu e nós dois entramos embaixo do jato de água quente — algo que fazíamos quase todas as noites.

— Por que você demorou tanto? — perguntei, deslizando meus braços ao redor do seu pescoço.

— Blake está aqui.

— É mesmo?

— Sim. — As mãos de Brandon deslizaram pelas minhas costas para descansar na minha bunda enquanto ele dava um pequeno puxão para me aproximar dele.

— Você sabia que ele vinha?

— Não, ele falou que precisava se afastar de lá e usou a passagem de avião que lhe demos no Natal.

— Ele não poderia ter perguntado antes? Quero dizer, esta noite é importante. — Fiz beicinho enquanto o pau de Brandon crescia encostado na minha barriga. Eu ri levemente. Já estávamos de novo falando sobre o irmão dele na hora errada.

— Amor, você sabe como Blake é. Ele nem sempre usa a cabeça — respondeu, se inclinando para dar um beijo suave no meu pescoço.

— Eu sei — concordei, suspirando. — Ele pode ir para um hotel hoje à noite? — De todas as noites em que Blake poderia ter vindo nos visitar, tinha que ser justo nesta... a noite que eu queria vestir nada mais do que meu anel novo e um sorriso.

— Acho que sim, mas faz quanto tempo que não o vemos? Cinco meses?

— Eu sei... você tem razão. Eu só queria andar nua pela casa hoje — eu disse, mordendo meu lábio inferior e dando-lhe o meu sorriso mais inocente, fazendo seu pau se contrair em resposta.

— Vou te compensar em outra noite. Prometo — Brandon gemeu, inclinando-se de novo e pressionando os lábios nos meus.

— Mas essa outra noite não será a que você me pediu em casamento e eu aceitei.

— Eu sei, amor... — Brandon olhou para mim, encarando

meus olhos como se estivesse em busca de uma resposta ou algo assim. — E se nós fôssemos para um hotel na cidade, e você telefonasse para o trabalho amanhã dizendo que está doente? Poderíamos pedir serviço de quarto, tomar café da manhã na cama e depois passar o resto do dia com Blake. Ele pode tomar conta do Niner hoje. Isso também vai dar tempo para ele clarear as ideias, já que este foi o motivo de ele entrar em um avião e voar milhares de quilômetros sem avisar.

— Bom, ele veio de tão longe. Será que a gente deve ficar com ele?

— Não, ele vai entender. Tenho certeza de que ele vai ficar aqui mais de uma noite. Vamos sair com ele amanhã. Além do mais, quero te ver vestindo nada além do anel novo e um sorriso pelo resto da noite — ele disse, dando uma piscada para mim e lendo minha mente.

ᎧᏉ♡ᏋᏉ

Brandon e eu descemos as escadas com nossas bagagens contendo o que precisávamos para passar a noite fora. Um sorriso se espalhou pelo meu rosto enquanto eu passava pelas luzes cintilantes das velas em cada degrau, relembrando os cumprimentos de boas-vindas para mim.

Niner veio correndo quando me ouviu a caminho da cozinha. Depois de tudo o que aconteceu, percebi que tinha esquecido de dar oi para o novo membro da nossa família. Estava acostumada com ele me cumprimentando na porta, mas me esqueci dele quando vi as velas espalhadas desde a porta da entrada e escada acima.

— Oi, amigão — eu disse, ajoelhando para ficar na altura dele, beijando e esfregando sua cabeça. — Você e seu pai são muito sorrateiros.

— Bem, foi tudo ideia dele — Brandon disse, rindo.

— Spencer! — Blake disse, andando na minha direção, de braços abertos. — Como vai a minha shark do pôquer?

— Que bom ver você, Blake! Tudo bem? — perguntei, abraçando-o.

— *Sua* shark do pôquer? — Brandon perguntou.

— Qualquer um que ganhe de você é *meu* shark do pôquer — Blake respondeu, piscando para Brandon e então se virando para mim. — Estou bem, Spence. Me desculpe por vir sem avisar. Não tinha ideia de que hoje era *a* noite. Eu deveria ter ligado antes.

— Tudo bem. Vai ser divertido ter você por aqui. Quanto tempo está planejando ficar?

— Alguns dias, talvez uma semana, se estiver tudo bem.

— Por mim, não tem problema. Você e Brandon podem passar um tempo só de irmãos — eu disse, sorrindo para os rapazes Montgomery.

— Spencer e eu vamos passar a noite em um hotel na cidade. Você pode cuidar do Niner até amanhã? Pegue o carro da Spencer e nos encontre para almoçar e depois passaremos a tarde juntos... fazendo um mini tour em São Francisco — Brandon disse para Blake.

Pegar o meu carro? Pensar em Blake dirigindo me lembrou do que Aimee tinha me contado em Houston. Acho que não teria problema ele dirigir meu carro, desde que não bebesse demais. Não há nenhuma possibilidade de ele aparecer bêbado ou beber tanto em São Francisco a ponto de não conseguir dirigir de volta... certo?

— Não, sou eu que devo ir para um hotel — disse Blake, tirando o celular do bolso.

— Está tudo certo. Sério. Assim não preciso cozinhar e posso passar mais tempo nu com Spencer — Brandon disse, dando um tapa na minha bunda.

— Calma aí, muita informação, amor, muita informação — eu disse, dando um tapinha de brincadeira no braço de Brandon.

8 Kimberly Knight

— Bom, se insistem... mas quero ver o anel antes de vocês saírem — Blake disse.

Estendi minha mão, exibindo meu lindo diamante brilhante. Um sorriso retornou aos meus lábios e meu coração se encheu de alegria. Um ano atrás, eu teria pensado que esse acontecimento seria entre mim e Trav*idiota*, e não Brandon. Eu deveria estar agradecendo ao Trav*idiota* em vez de odiá-lo. Brandon me torna uma pessoa melhor, toma conta de mim, me quer como sou e me ama de verdade. Trav*idiota* nunca foi essa pessoa.

— Que droga, mano, você vai me fazer competir com isso? — Blake perguntou, olhando para Brandon enquanto ainda segurava minha mão.

— Você vai pedir Stacey em casamento? — perguntei.

— Oh, não, não, não. Nunca vou me casar. Só estou zoando o Brandon — Blake disse, dando um tapa no ombro do irmão.

— Vocês terminaram de novo? — perguntei ao Blake.

— É melhor vocês irem, aproveitem sua noite. Vamos falar sobre isso amanhã.

꧁♥꧂

Brandon e eu entramos no saguão de mármore branco do Ritz-Carlton depois de deixar as chaves com o manobrista. Eu estava começando a me acostumar a ter algumas das coisas melhores coisas da vida. Brandon sempre se certificava de que nos hospedássemos em hotéis cinco estrelas, dirigíssemos carros bons, e carregássemos malas de grife. Apesar disso, eu ainda ia na Target pelo menos uma vez por semana, porque aquela loja tinha tudo e eu adorava!

Antes de sairmos de casa, Brandon telefonou e fez uma reserva para a noite. Enquanto ele fazia o nosso check-in, sentei em um sofá no saguão e o admirei. Ele era tudo o que eu sempre quis e todas as palavras que falou para mim quando fez o pedido exprimiam exatamente o que eu sentia. Nunca iria querer saber como a vida seria sem ele. Não tenho certeza de como administrei a minha vida sem ele, tal como ele me apontou. Não queria nada além de começar uma família com ele, envelhecer e viver uma vida feliz — juntos.

Brandon se virou e piscou para mim enquanto o recepcionista finalizava tudo. Meu coração falhou uma batida quando ele exibiu para mim o seu sorriso de molhar calcinha, depois de piscar. Eu mal podia esperar para subir para o quarto e ficar nua com ele. Não importava onde estivéssemos, quando ele sorria daquele jeito, eu queria pular em cima dele no mesmo momento. Acho que ele sabia e fazia de propósito, mas eu não me importava. Eu venerava loucamente o seu corpo porque ele o usava para venerar o meu.

— Pronta para ir, futura Sra. Montgomery? — Brandon perguntou, aproximando-se de mim no sofá do saguão.

— Sim.

Brandon estendeu a mão para me ajudar a levantar do sofá. Senti um frio na barriga pelo contato, ao me lembrar do que tínhamos feito há apenas algumas horas, quando fizemos sexo sem camisinha — finalmente. Agora iríamos passar a noite inteira nus, explorando os nossos prazeres recém-descobertos e o nosso noivado.

Andamos de mãos dadas em direção ao elevador e um carregador nos seguiu até o nosso quarto com as malas.

— Merda, esqueci de contar para a Ryan que você me pediu em casamento e eu aceitei — eu disse, procurando o celular na bolsa.

— Ela já sabe.

— Sabe? — perguntei, olhando Brandon de maneira questionadora.

— Claro. Ryan teria me castrado se eu não a tivesse avisado ou pedido o conselho dela sobre o anel. — Isso era verdade. Ryan era como uma irmã mais velha para mim, principalmente porque minha irmã, Stephanie, morava a horas de distância e só nos víamos em raras ocasiões. — Becca e Jason também sabem. E, claro, seus pais.

— Você falou com os meus pais?

Nós e o carregador entramos no elevador e as portas se fecharam. Ao subirmos, ele respondeu:

— Eu tinha que pedir permissão para o seu pai.

Eu ri. Nunca pensei nos meus pais como sendo antiquados e não via necessidade de Brandon pedir a permissão do meu pai, mas meu coração se encheu de alegria em saber que Brandon queria fazer tudo do jeito certo.

— O que você teria feito se ele dissesse "não"? — perguntei, quando saímos do elevador no sétimo andar.

— Ainda assim eu teria pedido você em casamento — ele disse, piscando para mim. — Aliás, todo mundo está esperando sua ligação *amanhã*. Esta noite, você é toda minha. — Brandon beijou meu pescoço ao mesmo tempo em que colocava a chave na fechadura quando chegamos ao quarto.

Algumas luzes já estavam acesas quando entramos. Ao entrarmos, notei que havia um brilho suave vindo do banheiro através de uma janela embutida que dava para o quarto. O carregador trouxe nossas malas, e Brandon lhe deu uma gorjeta. Ele nos desejou boa noite e fechou a porta ao sair.

Caminhei até o banheiro, movida pela curiosidade. Ao entrar, vi seis velas queimando dentro de recipientes de vidro claro, ao longo da beirada da banheira enorme embaixo da janela que dava para o quarto, e pétalas de rosas vermelhas flutuando na água. A banheira quadrada era contornada por um revestimento branco, e um vaso cheio de rosas combinando com as pétalas estava no canto mais afastado.

— Como você fez isso? — perguntei a Brandon enquanto ele me seguia para dentro.

— Quando telefonei para fazer a reserva, pedi a eles que

preparassem tudo. Eu ia fazer algo parecido em casa, para depois do nosso jantar.

— A água ainda está quente? — perguntei, inclinando-me e mergulhando a mão na banheira. — Oh, está perfeita! — Sorri animada para Brandon. — Como eu pude ter tanta sorte?

— Não, a pergunta é: como *eu* pude ter tanta sorte? — falou Brandon, inclinando-se e me beijando nos lábios com suavidade.

— E deve haver... — Ele se virou e saiu do banheiro — champanhe e morangos aqui também — disse, do quarto.

Brandon voltou para o banheiro, onde eu o estava esperando. Ele trouxe o champanhe e uma bandeja com morangos cobertos de chocolate.

— Vamos? — perguntou, fazendo um movimento com a cabeça em direção à banheira fumegante.

— Vamos — falei, com um sorriso.

Brandon colocou o balde com o champanhe e os morangos no balcão do banheiro. Depois de tirar a rolha, começou a servir as taças para nós, ao mesmo tempo em que deslizei a camiseta sobre a cabeça, e, em seguida, tirei os jeans e as sandálias. Depois de encher as taças, Brandon largou suas roupas exatamente onde ele estava, próximo ao balcão.

Brandon se aproximou, entregou uma taça para mim, e brindamos ao nosso noivado. Depois de tomar um gole, ele pegou minha mão e começamos a entrar na água quente.

— Espere, os morangos! — eu disse, e fui pegá-los no balcão. Coloquei a bandeja ao lado da banheira, peguei na mão de Brandon e ele me apoiou para entrar na água. — Uau, mesmo que a gente tenha tomado uma chuveirada antes de sair de casa, essa água está tão gostosa. — Suspirei, e me sentei na banheira.

— Com certeza — ele comentou, girando-me para que eu ficasse aninhada entre as suas pernas.

Nunca me cansaria de tomar banho com esse homem. Eu me

encaixava perfeitamente no seu peito. Ele me acariciava de leve, para cima e para baixo, nas pernas e nos braços, beijando meus ombros e pescoço, enquanto eu relaxava encostada em seu corpo.

— Quer ver TV? — Olhei para a TV de tela plana instalada na parede acima da banheira, quando Brandon me perguntou.

— Não, estou bem. Quer um morango?

Brandon e eu lavamos um ao outro e ficamos na água quente, dando morangos um para o outro e tomando champanhe até que a água ficou morna e tínhamos quase terminado a garrafa. Gostaria que todos os dias terminassem com Brandon e eu mergulhados em uma banheira cheia de água quente. Tão relaxante e reconfortante! Adorei ficar nos braços do meu homem — meu *noivo*.

Brandon me ajudou a sair da banheira e me enrolou em uma das toalhas macias e fofas.

— Vamos chamar o serviço de quarto? — ele perguntou, vestindo o roupão.

— Sim, estou morrendo de fome!

Olhei para o relógio perto da cama e vi que já era mais de nove horas. Tinha sido uma noite longa e agradável, e eu estava feliz que íamos faltar ao trabalho no dia seguinte e nos divertir. Fizemos um pedido para o serviço de quarto e mandei um e-mail para a minha chefe, Skye, e Brandon mandou uma mensagem para Jason para avisar que ia passar o dia comigo e Blake.

Depois de relaxarmos um pouco na luxuosa cama king-size, o serviço de quarto chegou com o jantar e mais uma garrafa de champanhe. Eu não tinha percebido, mas estava com muita fome. Depois de toda a excitação e *festinhas*, eu estava faminta.

Mal podia esperar para falar com Ryan, meus pais, minha irmã, Becca e todas as garotas do trabalho sobre como Brandon me pediu em casamento. Meu limoeiro produziu a melhor limonada que uma garota poderia desejar, e planejo tomá-la pelo resto da vida!

— Mais champanhe? — Brandon perguntou, enquanto empurrava a bandeja com o meu prato vazio de onde estava sentada, no meio da cama.

— Quero sim, por favor — respondi, levantando a taça.

Depois que Brandon a encheu, eu a coloquei na mesa de cabeceira perto da janela e levantei para recolher nossos pratos vazios. Depois de colocar os pratos e bandejas fora do quarto para que o serviço de quarto retirasse, voltei para a cama, para me aconchegar. Brandon estava deitado lá, com os braços atrás da cabeça, assistindo TV. Fiquei imóvel. *Cacete, ele era um tesão!*

Os olhos de Brandon se voltaram rapidamente para mim e me pegaram mordendo meu lábio inferior e admirando a vista.

— Você sabe o que acontece quando você me olha desse jeito, certo?

Meus olhos desviaram devagar do seu peito firme, levemente exposto sob o roupão branco, até seu rosto perfeito, quando ele terminou de me fazer a pergunta óbvia.

— Não, o que acontece? — provoquei.

— Por que você não vem aqui e descobre?

Senti meu corpo todo queimar de desejo. Não importava quantos minutos, horas, dias e noites eu tivesse passado com esse homem, eu tinha certeza absoluta de que nunca perderia meu apetite por ele. Caminhei até o lado da cama em que ele estava. Brandon se sentou e girou as pernas para fora da cama, para abrir as minhas de onde eu estava, em pé.

Ele olhou para mim com seus olhos cor de café, escurecidos pelo desejo, e começou a desamarrar meu roupão lentamente, nossos olhos travados um no outro. Senti meu corpo umedecer entre as pernas e minha boca começou a encher de água.

Brandon desamarrou meu roupão e começou a fazê-lo escorregar lentamente pelos meus ombros e costas, até que caiu todo em volta dos meus pés descalços.

— Você é tão linda — sussurrou.

— E você é um tesão! — eu disse, e nós dois rimos um pouco.

— Bom, fico contente que você pense assim. Se fosse diferente, nós teríamos um problema — ele comentou, inclinando-se e dando um beijo na minha barriga.

Corri as mãos por seus cabelos castanho-claros macios, desci pelo pescoço e costas, e me curvei um pouco quando ele trouxe meu seio para a sua boca e chupou o mamilo até ficar entumecido. Arrastando a boca pelo meu peito até alcançar o outro mamilo, Brandon repetiu a carícia. A umidade entre as minhas pernas continuou a aumentar, enquanto ele cuidava dos meus seios com a boca.

Suas mãos escorregaram pelas minhas costas nuas até pararem na minha bunda. Ele me puxou para frente e me fez cair em cima de si, então nos baixou para deitarmos na cama. Brandon me virou devagar, minhas pernas penduradas na lateral da cama e minhas costas retas no colchão firme. Ele arrastou a língua ao longo da minha clavícula, enviando arrepios para o meu corpo inteiro.

Ele passou a língua devagar, subindo pelo lado do meu pescoço, antes de pousar a boca nos meus lábios macios, ávidos para sentir seu gosto. Abaixei as mãos e afrouxei o nó do seu roupão, ao mesmo tempo em que nossas línguas se entrelaçavam uma na outra.

— Espere — Brandon falou, levantando de cima do meu corpo para ficar em pé.

— O... o quê? Por quê? — perguntei, tentando alcançar Brandon para puxá-lo de volta para mim.

— Tenho uma ideia — ele disse, movimentando os ombros para deixar o roupão deslizar pelo corpo até o chão.

Mudei de posição na cama para ficar mais confortável enquanto Brandon pegava o champanhe e o balde de gelo.

Ele pegou um cubo e olhou para mim com as pálpebras quase fechadas. Deslizei a minha mão entre as minhas pernas e comecei a esfregar meu clitóris dolorido, tentando aliviar a dor entre as minhas pernas, enquanto observava os lábios dele se curvarem em um sorriso.

— Adoro quando você brinca consigo mesma — falou com um gemido.

O calor do meu corpo aumentou com estas palavras, e eu continuei a me tocar. Brandon se deitou ao meu lado e, com o cubo de gelo, circulou meu mamilo e depois o outro. Meus lábios se abriram e gemi com a sensação ondulando através de mim. Massageei meu clitóris com mais força e mais rápido, e Brandon deslizou o cubo de gelo pela minha barriga em direção à minha vagina.

Brandon parou o cubo na altura da minha cintura e o esfregou sobre o meu abdômen até que ele derreteu e o líquido se acumulou no meu umbigo. Ele se debruçou e bebeu ruidosamente a água da minha pele e, em seguida, pegou outro cubo de gelo e a garrafa de champanhe.

Meu corpo estava em chamas. Enquanto ele descia o cubo pela minha barriga de novo, o gelo esfriou uma trilha que, em seguida, esquentou rapidamente. Desta vez, Brandon não parou no umbigo. Continuou a arrastar o gelo através dos pelos do meu púbis até minha mão, no lugar onde eu estava esfregando o clitóris com o dedo.

— Aqui, use isso — ele falou, me entregando o cubo e voltando ao balde de gelo para pegar mais.

Deslizei o gelo para cima e para baixo na minha fenda, disparando arrepios pelo meu corpo. Eu podia sentir o gelo derretendo rapidamente, a água pingando da minha vagina para a cama. O pau duro de Brandon pressionava a parte externa da minha coxa ao mesmo tempo em que ele deslizava dois cubos de gelo pelo meu tronco. Meu corpo estava prestes a gozar, enquanto eu trabalhava o clitóris com o gelo derretendo.

Brandon começou a despejar champanhe lentamente sobre a minha barriga depois que o gelo derreteu em sua mão.

— Humm, seu sabor é ainda melhor assim — comentou, bebendo o champanhe do meu peito e do meu umbigo.

Eu precisava tocar Brandon. Com a mão livre entre nossos corpos, acariciei sem esforço o seu pau duro como rocha, e ele sibilou com o contato.

— Você vai... por favor? — implorei, precisando dele entre as minhas pernas.

Soltei o seu membro para que ele se posicionasse entre as minhas pernas. Meus seios agora doíam por falta de atenção, então os agarrei, amassando cada um nas minhas mãos. A língua firme de Brandon lambia os fluidos da minha vagina. Uma camada fina de suor estava começando a cobrir minha pele, que já não tinha mais o gelo para esfriá-la.

Ele deslizou a língua até encontrar meu clitóris latejante, e eu gemia pela sensação de felicidade. Brandon lambia meu clitóris, para cima e para baixo, dando voltas e voltas, até meu corpo estar prestes a virar por puro prazer.

— Mesmo que — sussurrou, enquanto enfiava a língua na minha vagina — eu tenha sentido esse gosto poucas horas atrás, nunca vou me cansar do seu sabor.

— Sim... não pare — gemi.

Ele não parou. A língua de Brandon pulsou no meu clitóris até que não consegui segurar por mais tempo e meu corpo entrou em erupção com o prazer.

— Me come — sussurrei.

— Oh, eu pretendo fazer isso, futura Sra. Montgomery. Fique de joelhos.

Tão logo meu corpo terminou de colapsar, fiquei de quatro, desejando avidamente o seu pênis perfeito. A cama afundou quando Brandon se posicionou atrás de mim. Seu membro ficou provocando a entrada da minha vagina molhada até que, com uma investida gentil, ele me preencheu — sem camisinha.

Gemi de desejo, minhas costas arqueando enquanto seu pau escorregava pelas minhas paredes encharcadas. Suas bolas batiam contra o meu sexo e fechei os olhos bem apertado, saboreando cada sensação até que meu corpo começou a entrar em erupção outra vez. Brandon agarrou meus quadris com força, e eu sabia que ele também estava a ponto de gozar.

Senti seu pau crescer dentro de mim, e eu sabia que a qualquer momento ele ia explodir. Empinei a bunda para trás, de encontro às suas estocadas, as bolas batendo em mim com mais força.

— Me fode — gemi de novo, e ele apertou meus quadris com mais força. Finalmente, meu corpo ganhou a batalha, e eu gozei forte, bem na hora que Brandon gemeu com o próprio orgasmo.

Ele saiu de mim e o sêmen começou a escorrer pela parte de trás da minha coxa. Ele pegou um lenço de papel na mesa de cabeceira para limpar.

— Essa é a parte ruim de não usar camisinha — falei.

— O quê?

— É melado — respondi, rindo um pouco.

— Agora só preciso investir em lenços de papel, em vez de camisinhas — ele disse, beijando a minha nádega, antes de dar um tapa de brincadeira.

Depois de nos limparmos e vestirmos nossos pijamas, fomos para a cama, exaustos. Agora o sono estava ganhando a batalha. Dei uma olhada no relógio e vi que era quase meia-noite. Dissemos boa noite, nos beijamos com delicadeza, e, aos poucos, adormecemos entrelaçados um no outro.

Capítulo Dois

Brandon e eu tomamos café da manhã na cama, seguido de um banho de chuveiro para começarmos o nosso dia. Antes de sairmos do hotel, ele telefonou para Blake para nos encontrarmos no MoMo's. Desde que nos mudamos, não fomos comer lá, e eu sentia falta da nossa antiga vizinhança.

— Então, como foi a noite de ontem? — Blake perguntou, depois de nos sentarmos em uma mesa alta, perto do bar.

— Não é da sua conta — Brandon respondeu.

Uma garçonete chegou para anotar nossos pedidos de bebidas enquanto decidíamos qual seria o almoço. Pedi um Cosmopolitan; Brandon, uma cerveja Blue Moon; e Blake pediu o seu Pepper Jack.

— Obrigado de novo por me deixarem dormir na casa de vocês por uns dias — Blake falou com sinceridade.

— Claro, quando precisar — Brandon respondeu.

— Bem, o que aconteceu com Stacey? Pensei que a relação de vocês fosse durar desta vez.

Blake deu um suspiro profundo.

— Não sei, Spence. Temos uma relação de amor e ódio.

— Mas as coisas estavam indo bem, certo? — perguntei.

Stacey e eu estávamos em contato desde o Natal. Passei informações sobre ela para minha amiga Audrey, em Los Angeles, para que, com sorte, desse contatos à Stacey para seguir sua carreira de atriz. Ela me contou que ela e Blake estavam se dando melhor do que nunca, e ela esperava que, quando ele saísse da casa dos pais, os dois fossem morar juntos. Imagino que não era o caso.

— Nós estávamos... estamos. Não sei. Ela começou a falar em morarmos juntos e isso me assustou.

— Por isso você atravessou o país? — Brandon perguntou, com uma risadinha leve. — É só não ir morar com ela.

— Cara, mamãe e papai estão no meu pé para que eu saia de casa, e Stacey pensou que era a melhor ideia do mundo. Eu só... eu só precisava me afastar deles todos. Novamente, eu realmente sinto muito por não ter telefonado para avisar.

— Tudo bem, Blake, de verdade — falei, deixando o cardápio sobre a mesa, decidindo pedir um sanduíche de carne de porco desfiada com batatas fritas.

Blake tirou o celular do bolso da calça.

— Merda, nossos pais não param de me ligar! — ele disse com os dentes cerrados, jogando o celular na mesa, à frente dele.

— Tenho certeza de que estão preocupados contigo. Eles só querem saber se você está bem — falei.

— Eles não sabem que estou aqui.

— Que porra é essa, Blake? Você viajou e não contou para eles? Cacete, o que há de errado com você? — Brandon perguntou, levantando a voz, inclinando-se para trás na cadeira e cruzando os braços sobre o peito.

— Veja bem, já estabelecemos que eu viajei sem pensar. Não precisamos continuar batendo nessa tecla — Blake decretou, tomando um gole grande da bebida que a garçonete tinha acabado de trazer. Antes que ela fosse embora, Blake pediu outra.

— Jesus Cristo, Blake! — Brandon gritou, tirando o celular do bolso do jeans.

— O que você está fazendo? — Blake perguntou. — Vai me dedurar para a mamãe e o papai? Sou um homem feito.

— Só vou contar para eles que você está aqui. Não quero que continuem preocupados contigo.

Brandon levou o telefone à orelha enquanto eu fiquei sentada ali, desconfortável, bebendo pequenos goles do meu Cosmopolitan. As pessoas começaram a virar em nossa direção, nos encarando, quando Brandon gritou com o irmão. Blake virou o resto da bebida enquanto a garçonete trazia a próxima rodada e nos disse que nosso almoço seria servido em breve. Brandon falou com o pai e contou a ele que Blake estava aqui. Blake pediu licença e saiu da mesa. Eu me senti mal por Stacey e mandei uma mensagem para ela, dizendo que Blake estava conosco.

Stacey: Você está brincando comigo?

Eu: Pois é, ele chegou ontem à noite. Oh, aliás, Brandon também pediu minha mão ontem à noite! ☺

Stacey: Parabéns! Estou tão feliz por vocês! Em relação ao Blake... Nem sei o que pensar. O que ele falou para você?

Droga, por que me senti obrigada a contar para a Stacey sobre Blake? Fiz isso porque eu iria querer saber se o meu namorado saísse da cidade sem me contar, mas agora eu não sabia se deveria falar para ela o que Blake havia dito. Eu não queria ou precisava que Blake ficasse furioso comigo.

Eu: Ele só disse que precisava se afastar. Suponho que Robert e Aimee querem que ele saia da casa deles.

Stacey: E então ele se muda para a Califórnia?

Eu: Hum... Espero que ele não mude para a Califórnia! Quero dizer, se ele quiser morar aqui, é melhor que não seja comigo e com Brandon! Ele falou que está aqui apenas por uns dias. Deixe que ele sinta a sua falta.

Stacey: Estou tão cansada dessa merda! Eu não deveria ter forçado Blake a ir morar comigo, mas, falando sério, nós estamos namorando há séculos.

Eu: Blake está voltando para a mesa... Dê alguns dias para ele. Vou tentar colocar um pouco de juízo nele. ;)

Stacey: Boa sorte!

Blake voltou do banheiro justo quando Brandon desligou o telefonema com o pai, e eu não tinha certeza do que Brandon tinha dito a ele, já que estava ocupada trocando mensagens com Stacey.

— Tudo bem? — perguntei a Brandon.

— Sim, eles só estão furiosos que Blake não lhes contou nada. Mamãe ficou em pânico o dia inteiro porque Stacey ligou procurando por esse idiota — falou, empurrando de leve o ombro de Blake.

— Tanto faz. Está tudo certo no mundo outra vez. Todo mundo pode se acalmar agora que sabem onde estou.

— Não seja babaca, Blake. Eles amam você e se preocupam — Brandon disse, bebendo sua cerveja.

— Que seja, vamos mudar de assunto — Blake disse, tomando um gole do segundo drinque.

Ficamos em um silêncio esquisito. Definitivamente havia tensão no ar. Blake continuou a beber o segundo drinque, enquanto Brandon e eu ainda estávamos no primeiro. Meu celular vibrou sobre a mesa e prendi a respiração, esperando que o nome de Stacey não aparecesse na tela, do contrário eu tinha certeza de que mais merda seria jogada no ventilador. Por sorte, era Ryan — bem, mais ou menos sorte.

Ryan: Por que diabos você não me ligou hoje?

Eu: *Desculpa! Estamos no MoMo's com o Blake. Ah, e então... Brandon me pediu em casamento ontem à noite.* :P

Ryan: Espere... Blake?

Eu: *É, ele apareceu ontem à noite depois que Brandon me pediu em casamento.* :/

A garçonete trouxe o almoço enquanto estávamos todos no celular, sem conversarmos. Antes que ela fosse embora, Blake pediu outra bebida e Brandon, outra cerveja. Questionei Brandon com o olhar. Este era o terceiro drinque do Blake em menos de uma hora. Que diabos, como ele ia dirigir meu carro para casa?

Antes que eu colocasse o celular de volta na bolsa, Ryan respondeu a mensagem.

Ryan: Uau! Que louco! Depois me atualize, e parabéns por finalmente ficar noiva! Quero ver o anel no fim de semana.

Eu: *Obrigada! Te ligo mais tarde.*

Coloquei o celular de volta na bolsa. Os rapazes ainda não estavam conversando. *Ah, e eles dizem que as garotas é que são temperamentais.*

— Bom, o que você quer ver primeiro? — perguntei a Blake, tentando amenizar a tensão pesada.

Ele pensou por alguns momentos e respondeu.

— Sempre quis conhecer Alcatraz.

— Ah, é uma boa ideia. Nunca fui lá.

— Nem eu — Brandon disse, dando o *meu* sorriso.

— Então está combinado — falei. — Depois do almoço, podemos ir lá e verificar os horários das visitas guiadas.

༺♡༻

Brandon nos levou até o Píer 33 depois do almoço. Eu não queria que Blake dirigisse meu carro e fiquei contente quando Brandon ressaltou que lá estaria lotado, mesmo que fosse uma quinta-feira, e que deveríamos ir em um carro só. Depois de estacionarmos a alguns quarteirões de distância, andamos até o píer e ficamos na fila para comprar ingressos para a visita guiada.

— Ei, vamos voltar e fazer o tour noturno — Blake disse, apontando para a placa com os horários.

— Isso parece maneiro — Brandon respondeu.

— Não sei... a prisão não é mal-assombrada? — perguntei, meu medo de fantasmas espreitando na minha cabeça.

Brandon e Blake começaram a rir e então Brandon perguntou:

— Amor, você tem medo de fantasmas?

— Hum, sim! Você já viu como eles são assustadores?

— Spencer, eles não vão te machucar — Blake disse, zombando de mim.

— Hum, o diabo que eles não machucam! Eu vi nos filmes.

— Que filmes têm fantasmas que machucam pessoas? — Brandon perguntou, ainda sorrindo para mim, como se eu fosse uma idiota.

— Em... em *O Exorcismo de Emily Rose*! — berrei.

— Amor, esse nem era sobre fantasmas — Brandon disse, colocando o braço ao redor dos meus ombros e beijando meu rosto, tentando sufocar a risada.

— Não importa, aquele filme acabou comigo por vários meses. Não faço essas coisas assustadoras. Ponto final. Vocês podem voltar mais tarde se quiserem fazer o tour da noite — propus.

— Gosto dessa ideia — Blake disse.

— Vamos fazer a visita do dia e, se ainda quisermos voltar à noite, a gente volta — Brandon disse para Blake.

Compramos ingressos e embarcamos na balsa para nos levar a The Rock. Depois que atracamos, fizemos a visita guiada de duas horas e meia e aprendemos quase tudo que havia para saber sobre a famosa prisão. Fiquei intrigada ao saber informações sobre tantos criminosos que tinham vivido lá, como Al Capone, George "Machine Gun" Kelly e Robert Franklin Straud, mais conhecido como "O homem-pássaro de Alcatraz".

É meio louco imaginar como o mundo costumava ser comparado ao que é hoje. E se Alcatraz ainda fosse uma prisão ativa? Seria incrível e sinistro ao mesmo tempo... e bem assustador ter uma rocha lotada de criminosos a apenas três quilômetros da cidade onde vivo.

— Vamos beber alguma coisa — Blake sugeriu na balsa, a caminho do píer.

Brandon olhou para mim como se estivéssemos conversando em silêncio. Eu não queria beber. Alguém tinha que ir para casa dar uma olhada em Niner, e, mesmo que eu estivesse gostando de passar um tempo com o meu futuro cunhado, com toda certeza eu não queria ir.

— Acho que Spencer e eu vamos para casa — Brandon disse.

Nós dois não precisávamos ir para casa. Brandon devia ficar com o irmão enquanto ele estava aqui, já que morava tão longe e mal o via.

— Por que vocês dois não saem, e talvez chamem Jason para ir também? Vou para casa ver como está o Niner e colocar a programação da TV em dia. — Eu realmente tinha alguns episódios de *Real Housewives* para ver, já que não havia assistido na noite anterior, como eu tinha planejado no caminho para casa.

— É, cara, faz um tempão que eu não vejo o Jason. Liga pra ele! — Blake falou, gesticulando para Brandon fazer a ligação.

— Amor, tem certeza?

— Claro, vá se divertir. Blake não ficará aqui por muito tempo e precisa gastar um pouco de energia. — Eu me virei e sorri para Blake. — Vou te ter para sempre — falei, ao virar de novo para Brandon e beijar seus lábios.

— Spencer, já falei o quanto a amo? — Blake perguntou.

— Não, mas estou contente que você não me odeie — falei, rindo.

— Você vai se encaixar bem — Blake disse, cutucando meu ombro com o dele.

Brandon se inclinou e beijou minha testa.

— Ela é o encaixe perfeito.

෴♡෴

No caminho para casa, telefonei para minha mãe, Julie, e contei as boas novas. Ela já sabia, claro, já que Brandon tinha falado com meu pai. Minha irmã, Stephanie, estava na casa deles para jantar, então contei para ela também. Conversamos sobre tudo que eu tinha sonhado para o meu casamento quando era pequena.

Quando Stephanie tinha nove anos e eu, sete, costumávamos brincar de casinha, e cada uma tinha casado com seu namorado imaginário. Falávamos que meu casamento de verdade teria comida de verdade, em vez de comida de plástico, e pessoas reais, em vez de todos os nossos bichos de pelúcia. Eu realmente sentia falta da minha irmã. Stephanie também concordou em ser minha dama de honra, é claro.

Niner ficou extremamente feliz em me ver quando entrei em casa. Pulou em mim quando passei pela porta, lambendo meu rosto e abanando o rabo freneticamente.

— Oi, amigão, Tianna levou você para passear hoje?

Uma vez que Brandon e eu gastávamos agora uma hora para chegar ao trabalho todos os dias, contratamos nossa vizinha, Tianna, para vir em casa durante o dia e levar Niner ao parque dos cachorros, para que ele não tivesse nenhum acidente dentro de casa. Tianna era uma amante de animais superdoce. Ela não tinha filhos, mas amava as sobrinhas e sobrinhos como se fossem seus filhos. Ela levava Niner junto quando passeava com os seus cachorros.

— Quer outro passeio? — perguntei. Eu não ia à academia desde terça-feira, e Brandon e eu em geral não vamos às sextas-feiras, portanto, eu precisava fazer algum tipo de exercício antes de dar o dia por encerrado.

Niner e eu caminhamos pela vizinhança. Enquanto isso, telefonei e conversei com Ryan e depois com Becca sobre o pedido de Brandon. É claro, Ryan será minha madrinha de honra, e pedi à Becca para ser dama de honra. Ambas se sentiram honradas e mal podiam esperar para me ajudar a planejar a cerimônia... mesmo que Brandon e eu ainda não tivéssemos uma data. Todas as pessoas com quem conversei perguntaram quando seria o casamento.

Deem um tempo para nós, pessoal!

Ryan me contou que ainda tinha todas as suas revistas de noiva antigas e telefones de buffets, fotógrafos e locais para festa. Pense em algo, e ela tinha. Fizemos planos de nos encontrarmos para almoçar no final de semana e começarmos a planejar o que eu tinha sonhado desde que Stephanie e eu éramos crianças.

Niner e eu voltamos para casa e fomos imediatamente para a cozinha fazer o jantar. Coloquei sua coleira na bancada de granito bege, abri a geladeira de aço inoxidável e fiquei em frente a ela, pensando no que fazer. Isso costumava ser muito mais fácil quando Brandon estava em casa. Uma vez que ele era um bom cozinheiro e eu também não fazia feio, em geral, fazíamos o jantar juntos. Agora eu estava ali, só olhando e esperando bater a inspiração culinária.

Para mimar o meu companheiro, decidi fazer hambúrguer de peru para nós. Afinal, eu não iria comer sozinha. Depois de grelhar cada hambúrguer no grill, fui para o sofá com o prato em uma das mãos e uma taça de Pinot na outra. Coloquei tudo na mesa de centro, liguei a TV e selecionei o episódio mais antigo de *Real Housewives of Orange County* que eu tinha salvo no DVR.

Enchi minha boca com o hambúrguer de peru e chips de vegetais enquanto assistia Tamera gritando para Alexis sair de sua festa de inauguração da academia, com Gretchen aplaudindo, animada, e Vicki sentada, em silêncio — sim, Vicki ficou em silêncio desta vez. O episódio terminou rápido depois da cena estranha, e eu mal podia esperar para começar o próximo episódio.

Em vez de apertar o play, subi e tomei um longo banho quente, imaginando meu casamento. Estava ansiosa para caminhar até o altar e dizer "sim" para Brandon. Em pouco tempo, eu estava dançando e cantando *I Say a Little Prayer for You* e relembrando a cena do filme *O casamento do meu melhor amigo*.

Logo que a minha pele começou a enrugar, saí do chuveiro e vesti o pijama. Era pouco mais de oito da noite e Brandon e Blake ainda não tinham voltado. Precisando me recuperar, exausta da noite anterior, deitei na cama, peguei meu Kindle e comecei a ler um livro que comprara recentemente.

    Adorava os romances com histórias de amor e, como estava vivendo a minha própria versão de um, era difícil encontrar tempo para ler. Em geral, eu adormecia nos braços de Brandon, mas hoje foi diferente. Peguei no sono sozinha na nossa enorme cama king-size.

Capítulo Três

Acordar sozinha é pior do que ir dormir sozinha. Estendi a mão para trás para tocar Brandon, mas apenas senti um espaço vazio e frio. Um pânico percorreu meu corpo quando levantei, notando Niner deitado aos pés da cama no lado do Brandon — sem o Brandon.

Meu corpo começou a relaxar quando li uma mensagem de texto de Becca no celular, enviada às onze e quarenta e cinco da noite anterior.

Becca: Estou com os rapazes. Brandon e Blake estão muito bêbados. Vou levar os dois para minha casa para dormirem lá. Boa noite, amiga!

Olhei o relógio; passava um pouco das seis, quase a hora de me arrumar para ir para o trabalho. Descendo as escadas para tomar um café, mandei uma mensagem para Brandon.

Eu: *Nos vemos depois do trabalho.*

Não tinha certeza se estava brava com ele ou não. Então, fui curta e... *doce*? Fui eu que sugeri a ele para ir beber com Blake e Jason. Queria que ele saísse uma noite só com os rapazes, mas, depois de passar quase todas as noites com alguém, tinha me acostumado com a nossa rotina. Acordar sozinha foi um dos piores sentimentos do mundo, principalmente porque eu não sabia se ele estava bem ou não.

O que eu teria feito se ele tivesse tentado dirigir até em casa e sofrido um acidente? Não sei se sobreviveria sem ele na minha vida. Talvez a mudança para um lugar tão longe da cidade tenha sido uma decisão ruim, mas, ao mesmo tempo, agora estávamos noivos, e espero que no caminho para começarmos uma família.

Será que estávamos prontos para deixar de ir a baladas e cuidar de outro ser humano?

Minha mente estava fervendo. Coloquei o celular no balcão da cozinha e deixei Niner sair para o quintal. Foi só uma noite. Brandon podia ter uma noite irresponsável. Blake iria para casa daqui a alguns dias e a vida voltaria ao normal.

Normal... o que era normal? Livrar-se de um ex? Pessoas tentando tirar o dinheiro de Brandon? Nós tínhamos mesmo uma vida normal? Balancei a cabeça, tentando fazer meu cérebro se calar. Este era um momento de alegria, e eu não permitiria que uma noite se tornasse uma pedra no nosso relacionamento.

⊷♡⊶

Cheguei ao escritório alguns minutos antes do meu horário normal. Estar fora por um dia inesperadamente deveria ser a norma para mim. O ano tinha sido desafiador, com todas as vezes que eu tinha faltado ao trabalho. Todos, Skye em especial, tinham me apoiado muito. Agora eu precisava comprimir dois dias de trabalho em um para poder curtir o meu final de semana.

Assim que coloquei a bolsa na mesa, a cabeça de Skye apareceu pela porta aberta da minha sala.

— Está se sentindo melhor, Spencer?

— Oh. Hum... estou. Obrigada. — *Devo fingir tosse ou espirrar?*

— Vou sair o dia todo depois da minha reunião da manhã — ela falou, e entrou.

— Certo, sem problema. Tenho um monte de e-mails para colocar em dia — eu disse, tentando fazer com que ela saísse da sala.

— Certo, vou deixar você trabalhar... — Ela diminuiu o tom da voz, o que me fez virar a cabeça da tela do computador. — O que é isso? — perguntou.

— O que é o quê? — perguntei, confusa.

— Na sua mão esquerda.

Olhei para o meu anel novo e brilhante.

— Ah — eu disse, com um sorriso retornando ao meu rosto.

— Brandon me pediu em casamento na outra noite.

— Então é por isso que não veio ontem? Faltando no trabalho para ficar na cama o dia inteiro? — Skye perguntou com um sorriso ligeiramente conhecedor no rosto.

— Não, não foi assim. — Teria sido assim, se não fosse pelo Blake.

— Ah, fala sério, Spencer. Você sabe que a nossa diferença de idade não é tão grande e eu teria feito a mesma coisa — falou, chegando mais perto da minha mesa, sua mão estendida para que eu lhe mostrasse o meu diamante.

Ela me deu os parabéns e fez a pergunta recorrente.

— Vocês já marcaram a data? — Depois de contar que não tínhamos marcado ainda, Skye me parabenizou mais uma vez e em seguida saiu para se preparar para a reunião.

Afundei na cadeira, aliviada que Skye não estivesse brava porque eu tinha tirado o dia de folga e mentido. De fato, ela me falou que todos tinham direito a dias para tratar de assuntos pessoais, e entendeu perfeitamente, mesmo eu tendo perdido vários dias de trabalho este ano.

O celular vibrou sobre a mesa assim que lembrei que precisava de mais café para passar a manhã.

Brandon: Futura Sra. Montgomery, sinto muito! O maldito Blake ficou pagando drinques para mim e, antes que eu notasse, estava acordando no quarto de hóspedes do Jason. Ligue para mim na hora do seu almoço. Amo você! Por favor, não fique brava comigo :(

Brandon me conhecia bem. Meu coração palpitava com as palavras "Futura Sra. Montgomery". Eu sabia que ele tinha escrito assim para experimentar o terreno. Apesar disso, não respondi.

Queria que ele ficasse nervoso, se perguntando se eu estava, de fato, furiosa com ele. Afinal, meu coração não se sentiu bem quando acordei sozinha. Já que Skye ia sair do trabalho ao meio-dia, decidi fazer um intervalo de almoço mais longo e surpreendê-lo na academia.

Perambulei pelo escritório, mostrando o meu anel novo para as meninas no caminho para pegar uma xícara de café, antes de tentar pôr o trabalho em dia. Todo mundo estava feliz por mim. Bel brincou que oficialmente ela não poderia roubar Brandon de mim e os olhos de Carroll ficaram cheios de lágrimas quando contei como ele fez o pedido e as coisas que ele falou. Sue gostou da parte de Niner, e Amanda estava na expectativa pela minha despedida de solteira, para ter um tempo longe das crianças por uma noite. Claro, quando estava contando a história toda, deixei de fora o que Brandon e eu fizemos logo depois que ele pediu a minha mão. Elas não precisavam saber da minha vida sexual, mesmo que Bel uma vez tenha tentado forçar que eu falasse sobre isso, depois da nossa festa de final de ano do escritório.

Na volta para minha sala, encontrei Acyn. Foi um encontrão, literalmente. Minha mão esquerda agarrou a caneca de café que estava carregando. O líquido quente cor de caramelo espirrou, pousando em sua camisa branca de manga comprida e bem-passada solta sobre o jeans azul-escuro.

— Oh, meu Deus, me desculpe! — falei, olhando em volta à procura de alguma coisa para limpar a sujeira.

— Tudo bem com você, Spencer? — perguntou, os olhos escapando para a minha mão esquerda, que estava segurando a caneca de café.

— Tudo bem, desculpe. Precisamos daqueles espelhos grandes redondos para os cantos das paredes daqui — brinquei, acenando a mão no ar para mostrar o lugar onde deveriam estar na parede.

— Rá, rá, é, precisamos, mas não me importo de dar um encontrão em você — ele disse, olhando para a camisa.

— Sinto muito mesmo. Vamos até a cozinha tentar tirar a mancha — sugeri, fazendo sinal para que ele andasse.

— Ouvi falar que você estava doente ontem. Espero que esteja melhor agora. — Ele estendeu a mão para pegar o papel toalha que eu tinha umedecido com água e sabão.

— Estou melhor, sim. Obrigada. — Acyn continuou a limpar a camisa. — Depois me diga quanto custou para lavar a seco — murmurei, envergonhada.

— Não se preocupe com isso, Spencer. Parece que está saindo. Aposto que, depois de lavada, vai ficar como nova — falou, tocando meu braço com delicadeza.

As coisas estavam muito melhores entre mim e Acyn, mas eu sabia que ele ainda estava interessado. Não perguntei, mas não tinha certeza de que ele ainda estivesse saindo com Sandie. Eu sabia que eu ter um namorado não o assustava e, aparentemente, ter um noivo também não. Pedi desculpas e voltei para a minha sala.

Terminei de resolver os e-mails de trabalho bem rápido e saí do escritório às onze e meia para fazer uma surpresa para Brandon com um almoço. Comprei sanduíches em uma delicatessen mais abaixo no quarteirão e corri para chegar na academia perto do meio-dia. Assim que parei no estacionamento, meu celular tocou com a entrada de uma mensagem. Rapidamente, peguei o saco de papel marrom com nossos sanduíches e a bolsa e fui em direção à academia.

Tirei o celular da bolsa e vi que era uma mensagem do Brandon.

Brandon: Tenho uma reunião em alguns minutos... por favor, me diga se você foi trabalhar hoje.

Sorri ao ler a mensagem. Sei que ele estava desesperado por não receber uma resposta.

Fui até a academia, cumprimentei a nova recepcionista,

Jennifer, e decidi deixar Brandon esperando mais alguns minutos.

Eu: *Sim, mas não estou no trabalho.*

Brandon respondeu depressa.

Brandon: Por quê? Onde você está?

Li a mensagem ao mesmo tempo em que subia as escadas para o seu escritório.

Eu: *Estou aqui.*

Logo que cheguei à porta, ele a abriu.

— Oi! — falei, segurando nosso almoço com um enorme sorriso no rosto.

— O que você está fazendo aqui? — ele perguntou, me puxando e me acolhendo em seus braços.

— Trouxe almoço para você.

— Você não está brava comigo? — Brandon questionou, com o queixo descansando sobre a minha cabeça, comigo ainda em seus braços.

— Na verdade, não. Mas não torne um hábito com Blake aqui.

— Não vou. Vamos comer. Estou morrendo de fome e a teleconferência começa em alguns minutos.

— Você se incomoda se eu comer na sua sala enquanto você está ao telefone? Só preciso voltar para o trabalho daqui a uma hora.

— Claro que não — respondeu, pegando minha mão e me levando para a sala. Ele fechou a porta, e me sentei em frente à sua mesa. — Mas você vai ficar entediada.

Brandon sentou-se no lado oposto da mesa.

— Acho que vou sobreviver — comentei, sorrindo para ele e lhe entregando um sanduíche de salame e queijo cheddar.

Antes que eu perguntasse a ele o que tinham feito ontem à

noite, o telefone tocou. Fiquei sentada em silêncio, vendo Brandon falar sobre vendas, a compra de um armazém e sabe Deus o que mais. Minha mente vagou enquanto eu o observava em seu ambiente. O fato de ele ser assertivo e mandão encharcou minha calcinha.

Eu precisava dele. Agora. Ele era minha droga. Minha vida. Meu tudo.

Deixei de lado meu sanduíche de peru pela metade, levantei em silêncio e andei em sua direção, atrás da mesa. Seus olhos me seguiram, imaginando o que eu estava fazendo.

— Sim, Paul, Jason e eu temos certeza — falou, seu olhar sem deixar meu corpo quando fiquei em pé na frente dele e comecei a tirar o meu jeans. Ele levantou as sobrancelhas, me observando abrir o zíper da calça devagar e deixá-la escorregar pelas pernas.

— Não, nós não vamos pagar mais do que um milhão e meio pelo espaço do armazém — ele disse, lambendo os lábios e esticando a mão para tocar minha calcinha.

Dei um tapa na mão dele, sacudindo o dedo como advertência. Brandon continuou repetindo "ãh hã" enquanto me olhava escorregar meus dedos para dentro da calcinha e remexer com ela, empurrando-a para baixo nas minhas pernas e atirando-a na pilha crescente de roupas.

Minha bunda quente estava em cima da mesa fria de carvalho; meus pés, nas coxas dele, e fiz sinal com o dedo para ele se aproximar. Abri as pernas, dando-lhe uma vista perfeita do meu doce lugar de prazer. Sem hesitação, ele empurrou sua cadeira de rodinhas para mais perto de mim, seu rosto no mesmo nível da minha vagina úmida.

— Entendo, mas você é bom no que faz. Se eles quiserem vender de fato, vão aceitar a oferta — continuou, ouvindo o homem do outro lado da linha... chegando centímetro por centímetro mais perto. Ele pôs os braços em volta da minha cintura, as mãos agarrando a minha bunda para me puxar para a beirada da mesa.

Brandon lambeu meu centro molhado com sua língua úmida, a mão direita ainda segurando o telefone enquanto repetia "ãh hã" para o que quer que Paul estivesse falando do outro lado.

— Paul, você pode esperar um minuto?

Brandon colocou o telefone na espera. Notei seus olhos arregalados, e, sem dizer uma palavra, ele empurrou a cadeira para trás, se levantou e trancou a porta.

— Tudo que não preciso é que Jason ou Blake entrem. Ou pior, um cliente — falou para mim.

— Blake está aqui?

— Sim, está dando uma volta até eu poder levá-lo para casa, depois que eu terminar algumas coisas — respondeu, sentando na cadeira.

— Ah, então vou deixar você trabalhar — respondi, começando a descer da mesa.

— Não, não. Não se mexa. Você não vai me deixar todo... com *fome* e depois ir embora — falou, e me deu o sorriso que eu amava tanto. Meu coração e meu estômago se agitaram, e ele beijou meus lábios.

Brandon pegou o telefone.

— Me desculpe, Paul. Meu *almoço* acabou de chegar aqui e só tenho alguns minutos para *comer*.

Joguei minha cabeça para trás em uma risada silenciosa. É, ele estava... *comendo* o almoço!

Senti Brandon voltar com a boca ao meu centro sensível, fazendo-me sibilar com o prazer súbito. Minha cabeça pendeu para trás e vi o teto. Fechei bem os olhos e comecei a apreciar a língua que eu amava tanto.

— Ãh hã — repetiu, desta vez na minha carne inchada.

Cada vez que ele murmurava, vibrava o meu centro de uma forma inesperada. Seria possível que ele estivesse ficando melhor nisso, mesmo que ele fosse multitarefas? Procurei manter meus gemidos sob controle enquanto ele continuava a estimular meu clitóris e girar a língua em torno da minha entrada, lambendo meu desejo.

— É, faça isso. Telefone para mim amanhã quando você souber a resposta deles. Certo, tchau.

Brandon desligou o telefone sem mover a cabeça do meio das minhas pernas. Sua língua continuou a dominar minha vagina por completo, que doeu ao apertar e explodir ao redor dela. Minhas mãos corriam pelos cabelos dele, puxando o rosto para mais perto de mim, precisando daquele pouquinho mais 'para me mandar além.

Meu corpo estava chegando perto... tão perto que logo que Brandon deslizou dois dedos para dentro, enganchando do jeito certo, meu corpo quebrou em pedaços. A sala rodou enquanto o orgasmo me percorria. Gemi de prazer, sem me importar com quem poderia ouvir. Brandon virou meu mundo de cabeça para baixo. Não me incomodava com o que as pessoas pensassem de mim — ou de nós. Eu tinha o Brandon e isso era tudo que importava.

Deitei na mesa, voltando do meu orgasmo, quando ouvi Brandon baixar o zíper do jeans. Minha mente teve um flashback sobre como nós fizemos quase a mesma coisa na minha sala, na festa de final de ano da empresa. Nós estávamos virando exibicionistas ou apenas duas pessoas que nunca poderiam se cansar um do outro?

Ouvi falar uma vez que, durante o primeiro ano de casamento, se você coloca uma jujuba em um jarro a cada vez que fizer sexo e remove uma cada vez que fizer sexo depois daquele ano, o jarro nunca vai ficar vazio. Com a nossa taxa, vamos precisar de diversos jarros e isso provavelmente será verdade: o jarro nunca vai esvaziar.

Minha vagina estava pingando com os meus fluidos quando Brandon deslizou para dentro, provocando meu clitóris logo antes de entrar.

— Nunca pensei que hoje daria uma ao meio-dia — sussurrou no meu ouvido ao mesmo tempo em que seus quadris balançavam para dentro de mim.

Minhas pernas se enrolaram ao redor das suas costas, trazendo seu corpo para mais perto e mais profundamente dentro de mim.

— Nem eu. Não sabia o que pensar quando acordei e você não estava lá.

— Sinto muito, amor. Antes que eu desse por mim, estava muito bêbado. Não me lembro de Becca nos buscar ou de ir para a casa deles. Acordei no quarto de hóspedes. — Ele se inclinou e me beijou, e senti o meu gosto de leve nos seus lábios.

Ele continuou a bombear dentro de mim, minha cabeça avançando devagar para a beirada da mesa. Levantando minha camiseta apenas o suficiente para expor meu sutiã, ele puxou um lado para baixo e sua boca agarrou meu mamilo, girando a língua ao redor, fazendo com que ele ficasse entumecido.

— Falamos sobre isso mais tarde — falei baixinho, quando Brandon atingiu o lugar certo. Minhas mãos percorriam seus cabelos castanhos sedosos, e ele continuava a provocar meu mamilo e estocar dentro de mim.

— Venha aqui — falou, sentado na cadeira. — Vire.

Desci da mesa e me virei, minha bunda nua no rosto dele.

Ele se inclinou para frente, dando um beijo suave na minha nádega.

— Venha para trás e ponha meu pau dentro de você.

Ele me puxou enquanto eu recuava e sentava no seu pau grosso. Ele abriu o fecho do meu sutiã, permitindo que subisse o suficiente para que ele pusesse as mãos em volta de mim e pegasse cada seio nas palmas das suas mãos, acariciando o suficiente para me fazer gemer de satisfação.

Brandon começou a beijar minhas costas nuas, enviando um arrepio leve para o meu corpo. Eu estava chegando perto outra vez. Seu pênis duro estava posicionado para atingir meu delicioso ponto G, de novo e de novo, e eu usava minhas pernas para deslizar para cima e para baixo.

— Amor, vou gozar logo — sussurrou, sua boca ainda beijando minhas costas.

— Eu também — murmurei.

Ele pôs uma das mãos entre as minhas pernas, a outra ainda acariciando meu seio, e encontrou meu clitóris, massageando-o com delicadeza com dois dedos. Sentia o suor dos nossos corpos enquanto eu o cavalgava, para cima e para baixo. Brandon circulou os dedos mais rápido em volta do meu clitóris.

Meu corpo, incapaz de aguentar mais, gozou no seu pau grosso e latejante, ao mesmo tempo em que ele esguichava seu sêmen quente dentro de mim.

෴

Comemos nosso almoço *verdadeiro* bem rápido, depois de nos limparmos e nos arrumarmos.

— Obrigado por passar aqui, amor — falou, pegando a minha mão para sairmos do escritório.

— Agora você não vai me esquecer — atirei as palavras dele de volta; as mesmas palavras que ele me disse depois do encontro no meu escritório.

— Você sabe que isso nunca vai acontecer, mas entendo como se sente agora. — Ele piscou para mim e, em seguida, deu um tapa na minha bunda quando começamos a descer as escadas.

— Que bom — falei, orgulhosa de mim mesma.

Brandon e eu saímos pela porta da frente em direção ao meu carro. Eu tinha o tempo justo para voltar ao trabalho sem me atrasar. Virei para me despedir de Brandon e notei, ao olhar sobre o seu ombro, a Sra. Robinson, a pantera que queria transar com Brandon, saindo da sua Mercedes Benz vermelha e brilhante. Ela se virou para olhar para nós e meus braços apertaram o pescoço de Brandon, trazendo-o mais para perto, e dei-lhe um beijo forte. Beijei Brandon como se não tivesse ninguém olhando. Beijei como se minha vida dependesse disso. Beijei até nós dois precisarmos de ar.

Toma essa, vovó!

Capítulo Quatro

— Então, o que você vai fazer amanhã? — Blake quis saber, sentando-se no lado oposto do nosso sofá de canto.

— Acho que vou sair com Ryan — respondi, olhando para Brandon.

— Ryan? Mano, você deixa ela sair com outros caras? — Blake perguntou, apontando o dedo de forma alternada entre Brandon e mim.

— Ryan é uma garota, seu idiota. — Brandon jogou uma almofada no irmão.

— Ah, bom, e ela é solteira?

— Não, ela acabou de casar. *Você* é solteiro? — perguntei ao Blake, apontando de volta para ele.

— Sou... não. Não sei!

— Cara, você não muda nunca — Brandon comentou, levantando do sofá e saindo da sala.

Blake suspirou e revirou os olhos.

— Não me olhe desse jeito, Spencer — murmurou.

— Desculpe. Sei que não tenho nada a ver com isso, mas você deveria falar com a Stacey. Não faça isso com ela por causa do seu medo de compromisso.

— Não vem com essa você também — ele disse, suspirando.

— Blake, eu gosto da Stacey. Acho que vocês dois são perfeitos um para o outro, mas você não pode simplesmente fugir quando está com medo. Ela faria qualquer coisa por você. Você não quer isso? — perguntei, inclinando-me para frente e apoiando os cotovelos nos joelhos.

— Falei para você na quarta-feira, eu nunca vou me casar.

— Então você quer ficar sozinho pelo resto da vida?

— Acredite, Spencer, não sou solitário. Ganho *muita* atenção.

Fiz um grande esforço para esconder minha expressão de repulsa antes de responder.

— Então você é um mulherengo?

Pobre Stacey. Ela deveria entender a partida de Blake como um sinal para se afastar dele para sempre e encontrar um Brandon para ela, porque aparentemente só um dos rapazes Montgomery era um homem de verdade.

— Você acabou de chamar meu irmão de mulherengo? — Brandon perguntou, entrando na sala com três cervejas.

— Sim, chamei. Desculpe, mas não posso ficar sentada aqui e ver seu irmão traindo alguém que considero minha amiga — respondi, levantando para sair da sala, enfurecida.

— Você nem conhece a Stacey — Blake disse, com raiva, pegando uma cerveja de Brandon.

— Stacey e eu temos conversado desde o Natal. Ela não contou para você que eu a coloquei em contato com a minha amiga Audrey, em Los Angeles? — perguntei, começando a levantar a voz.

— Ela mencionou, mas eu não sabia que vocês duas eram *tão amiguinhas* agora.

Brandon ainda estava segurando minha cerveja, esperando que eu a pegasse. Minhas mãos continuaram na cintura.

— E sabe o que mais? Se você a magoar de novo, vou chutar as suas bolas por ela! — sibilei, saindo com raiva em direção às escadas.

Assim que virei para o corredor para subir as escadas, ouvi Blake falar para Brandon:

Kimberly Knight

— Sua mulher é briguenta.

É, Blake, eu sou briguenta. Por que os homens simplesmente não falam para a gente como se sentem? Todo mundo acaba por superar o desgosto no fim, e, se Blake deixasse Stacey em paz, é provável que ela encontrasse alguém muito melhor, alguém que a tratasse como ela merece, ao contrário de Blake.

Como é que Blake e Brandon eram irmãos? Quando se tratava de mulheres, eles eram o oposto. Brandon sempre me dizia o que estava sentindo. Blake era um covarde.

Bati a porta do nosso quarto com meu sangue fervendo. Assim que caí de cara no colchão, me dei conta de que saí da sala com raiva sem pegar a cerveja. Merda, eu precisava daquela cerveja para acalmar os nervos.

— Amor? — Ouvi Brandon entrar no quarto.

Virei de lado e fiquei de frente para a porta. Brandon se sentou na beira da cama e pôs a cerveja na mesa de cabeceira. *Graças a Deus ele trouxe a cerveja!*

— Você está bravo comigo? — perguntei.

— Por que eu estaria bravo com você?

— Porque acabei de gritar com o seu irmão.

— Amor, meu irmão é uma pessoa difícil. Sempre foi. Ele não usa a porra da cabeça e só se mete em problemas. Acredite, eu já disse coisas piores para ele — falou ao se deitar ao meu lado e ficarmos de frente um para o outro.

— Sim, mas ele é *seu* irmão. Eu mal o conheço.

— É verdade, mas sabe o que eu amo em você? — perguntou, colocando uma mecha do meu cabelo atrás da orelha.

— Bem, espero que seja mais de uma coisa — provoquei.

— É mais de uma coisa, claro, mas adoro o fato de você não aceitar desaforos de ninguém, nem mesmo do meu irmão, especialmente quando envolve uma das suas amigas.

Brandon estava certo. Sempre pensei que Ryan fosse a enérgica, aquela que não aceita desaforos de ninguém, mas esse é o motivo de ela e eu nos darmos tão bem. Éramos farinhas do mesmo saco, e, se você fodia com a gente, a gente fodia com você, assim como eu queria fazer com Max quando o vi em Fog City Diner com a irmã dele, Melissa, que eu pensei que ele estava namorando na época.

— Você está certo. Ele precisa parar de prender a Stacey. Isso vai acabar com ela.

— Quem disse que Blake vai terminar com ela?

— Ninguém, mas ele está perguntando se minhas amigas são solteiras. Uma pessoa que está namorando não deveria fazer essa pergunta nem deveria estar fugindo.

— Amor, não se preocupe com Blake. Ele é um cara crescido. Quando tiver sessenta anos e estiver sozinho, vai se arrepender. — Brandon beijou meus lábios docemente. — Você vai sair com a Ryan amanhã?

— Vou, vamos almoçar juntas. Ela quer me dar todas as revistas e coisas de noiva.

— Muito bom, é melhor se apressar e planejar esse casamento para eu me casar contigo — disse, rolando para cima de mim e me fazendo dar um gritinho.

— Oh, não, de jeito nenhum. Não vou planejar sozinha — falei, enfiando a mão entre nós dois e beliscando levemente seu mamilo.

— Ai! — sibilou. — Tudo bem, tudo bem, eu te vou ajudar!

— Viu, se eu posso acabar com você, posso acabar com a vovó.

— Vovó?

— A Sra. Robinson.

— Oh, Deus, você ainda está obcecada por ela?

44   Kimberly Knight

— Eu vi a vovó hoje quando estava voltando para o trabalho.

— Amor, você sabe que ela é uma aluna da academia.

— Eu sei. Isso é só uma das coisas sobre ela. Ela quer colocar as patas de pantera em alguém que não é dela.

— Eu? — ele perguntou, me olhando com interesse, como se eu tivesse enlouquecido.

— É, você.

— Eu mal a vejo. Acho que ela finalmente reconheceu que estou comprometido — falou, inclinando-se para me beijar de leve outra vez.

— Depois de hoje, espero que o anúncio tenha sido alto e claro.

— Então foi por isso que você me beijou daquele jeito hoje?

— Foi, estava marcando meu território.

— Este é todo o território que você precisa — Brandon disse, segurando minha mão esquerda para mostrar o anel para mim.

୧♡୨

Os rapazes decidiram andar de *mountain bike* enquanto eu encontrava com a Ryan para o almoço. Depois que Brandon e eu tivemos nossa conversa e ele me acalmou, nós descemos e eu pedi desculpas para o Blake. Ele me disse que eu estava certa e que iria telefonar para Stacey no domingo e contar a ela quando ele voltaria para casa para eles resolverem tudo.

Depois de assistirmos ao jogo dos Giants, nos despedimos e fomos para a cama. Eu tinha um casamento para começar a planejar, nós só precisávamos de uma data.

Ryan e eu não nos víamos desde o casamento dela e eu mal podia esperar para dar um grande abraço na minha amiga. A gente tinha tanta coisa para conversar!

— Deixe-me ver! — Foram as primeiras palavras de Ryan

quando entrei no restaurante e ficamos juntas perto do balcão da *hostess*.

Estendi minha mão, do mesmo jeito que ela tinha feito quando Max a pediu em casamento.

— Oh, meu Deus, Spencer, é deslumbrante!

— Eu sei que você ajudou a escolher. — Cutuquei seu ombro. — Você não precisa fingir tanta surpresa.

— Eu ajudei, mas é tão mais bonito pessoalmente! — falou, ainda segurando minha mão.

A *hostess* nos levou até a mesa, recitou os pratos especiais do dia e falou que o garçom logo viria.

— Uau, olhe para você, está tão queimada de sol! — comentei, apontando para o bronzeado que ela pegara durante a lua de mel.

— Pois é. Max e eu tomamos sol quase todos os dias no cruzeiro. Algumas das nossas excursões foram na praia também. Eu amei.

— Vi suas fotos no Facebook. Fiquei com inveja. Adoro o sol. Pena que São Francisco tenha tanta neblina.

— Sim. — Ela suspirou. — De qualquer forma, eu não poderia curtir tanto o sol, sendo tão ocupada. Agora que estamos de volta, Max vai voltar a trabalhar até tarde. Não sei o que vou fazer com as minhas noites, você mora tão longe!

— Ah, Ry, mesmo assim nós podemos sair. Prometo.

Muita coisa tinha acontecido em um ano. Ryan e eu fomos de passar quase todas as noites juntas, mesmo quando eu estava namorando Trav*idiota*, a talvez nos vermos apenas uma vez por semana. Ambas sabíamos que em algum momento isso aconteceria, mas não imaginamos que eu moraria tão longe.

— Eu só queria que morássemos mais perto — falou, me olhando de um modo triste.

— Eu também. Sinto saudade de nos entupirmos de comida

chinesa e sorvete.

O garçom veio e anotou nosso pedido. Enquanto esperávamos a comida, Ryan e eu passamos um tempo rememorando nossos bons e velhos tempos. Tiramos o atraso, e foi uma boa conversa. Ryan me contou sobre a lua de mel. Eles foram em um cruzeiro pelo México por sete dias e ela jurou que engordou pelo menos dois quilos com toda a comida que serviram a bordo.

— Você consegue acreditar que nós duas vamos ser velhas senhoras casadas? — perguntou.

— Na verdade, não. — Ri. — Ainda estou tentando lidar com tudo. Estes últimos meses têm sido um turbilhão.

Nós conversamos sobre tudo, desde Christy até a coisa do Trevor/Michael.

— Me fale de novo quando é o julgamento.

— Julho. Eles estão juntando as acusações e processando todas ao mesmo tempo.

— Você vai? — Ryan perguntou, pegando um pouco da salada chinesa de frango.

— Claro, o promotor quer meu testemunho e o do Brandon. Acho que ele pode precisar de você, Becca e Jason como testemunhas. Talvez Max, também.

— Oh, merda, você está nervosa?

— Estou!

Eu estava realmente nervosa... nervosa de me levantar na frente de uma audiência e contar as histórias horríveis de novo, e eles todos sentados me observando. Em julho seria o julgamento dos três por tentativa de assassinato e de Michael e Colin por rapto.

O advogado de defesa estava fazendo uma alegação de insanidade para Christy e tentando um acordo para Colin. Eu não tinha certeza de como me sentia sobre isso. Christy era louca, mas seria o suficiente ir para um hospício? E Colin era cúmplice de

Michael, então ele deveria pegar menos tempo porque não foi o cabeça?

Estava tentando não pensar sobre isso. Não queria pensar no que poderia acontecer se eles não fossem considerados culpados. Nós não poderíamos nos mudar. O negócio de Brandon era enorme, e Michael conseguiria encontrá-lo em qualquer lugar desde que ele o rastreasse em São Francisco e Vegas.

— Não fique nervosa. Vamos estar lá contigo, mesmo que a gente não precise testemunhar. Mas, se eu precisar, é melhor eles tomarem cuidado porque minhas garras vão aparecer.

— Eu sei. — Ri. — Obrigada. Vamos falar sobre as boas notícias. Mostre o que você trouxe para mim — ofereci, batendo palmas suavemente.

Ryan tirou da bolsa pelo menos dez revistas para noivas, uma pequena agenda de endereços e cinco folhetos de locais para casamentos.

— Puta merda! Não lembro de ver todas essas coisas — falei, de olhos arregalados.

— Você estava um pouquinho ocupada.

— Me desculpe — sussurrei.

— Não, Spencer, não foi isso que eu quis dizer. É que você estava ocupada com Christy e Michael.

— Ah — falei, pegando a primeira revista. — Tenho um monte de coisas para ler.

— Sim. Em que cores você estava pensando? Sabe onde vai querer fazer o casamento? Vai fazer festa de noivado? Ai, meu Deus! Tenho que retribuir e organizar sua despedida de solteira. Esteja preparada para se vestir inteira de pênis!

— Calma, vá devagar com a coisa! Só faz três dias que ficamos noivos.

— Spencer, nós duas sabemos que você planejou esse

casamento a sua vida inteira.

— Algumas coisas, sim. Ok, para as cores, estou pensando em azul-petróleo e prateado.

— Ah, azul-petróleo é realmente bonito. Você deveria fazer um vestido colorido.

— O quê? Não vou usar um vestido colorido — falei, tomando um gole de chá gelado.

— Não, não o vestido inteiro. Veja... — Ryan folheou uma das revistas para noivas e me mostrou a coleção toda de Alfred Angelo.

— Uau, esses são lindos.

Ryan e eu pedimos a sobremesa enquanto folheávamos algumas das revistas. Gostei mesmo da ideia do vestido colorido e mal podia esperar para fazer compras. Tinha beijado muitos sapos na minha vida e finalmente meu príncipe estava me salvando.

Capítulo Cinco

Os dias seguintes passaram voando. Blake ainda estava com a gente. Ele ia para a cidade conosco todos os dias e fazia suas próprias coisas até a hora de voltarmos os três para casa depois da academia. Ele disse que estava gostando da Califórnia, e, quando conversou com Stacey, disse que iria para casa na próxima sexta-feira; no entanto, a semana se transformou em quase duas.

Na terça-feira da segunda semana de Blake, ele convocou uma reunião de família. Olhei para Brandon, questionando que merda estava acontecendo. Até onde eu sabia, Blake era apenas um convidado, não um inquilino. Isso mudou rápido.

— Reuni vocês aqui hoje... — Blake começou a falar.

Nós começamos a rir.

— O quê, você é um pregador agora? — Brandon perguntou.

— Longe disso, mano — falou, piscando para nós.

— Tudo bem, então o que é? — quis saber.

Sentamos em volta da mesa da sala de jantar; eu mexia no rótulo da minha cerveja *Shock Top*.

— Por favor, prometam que vocês vão ouvir tudo que tenho a dizer antes de decidirem — Blake continuou. Dava para perceber que ele estava nervoso, mas eu não tinha ideia do que ele estava falando.

— Combinado — Brandon respondeu.

— Primeiro, quero dizer que estou agradecido por vocês me deixarem ficar aqui estes dias. Sei que disse que era só uma semana e, bem, já faz treze dias, mas quem está contando, não é mesmo? — Blake deu a sua versão do sorriso Montgomery.

— Desembucha — Brandon disse, tomando um gole de cerveja.

— Certo, então... vocês sabem que eu sou barman?

— É? — Brandon questionou mais uma vez.

— Bom, acho que São Francisco seria um lugar incrível para ser barman e talvez até mesmo abrir o meu próprio bar.

— E? — Brandon questionou de novo.

— Então... eu estava esperando que vocês me deixassem mudar para cá permanentemente. Bem, até eu conseguir um bom emprego e poder mudar para minha própria casa na cidade.

Fiquei atordoada. Não sabia o que dizer. Brandon e eu não precisávamos de um colega de quarto, e em breve seríamos recém-casados. Mas era o irmão de Brandon, e famílias se ajudam, portanto, não tinha como eu dizer não. Teria que partir de Brandon.

Brandon e eu pedimos licença e fomos para o quarto discutir a proposta de Blake. Depois de falarmos sobre o assunto por apenas cinco minutos, chegamos à conclusão de que Blake poderia ficar com a gente, mas precisava sair antes do casamento. Isso também nos lembrou que não tínhamos escolhido a data.

— Quero casar com você amanhã — Brandon disse.

Nós tínhamos acabado de subir depois de dizer a Blake que ele poderia mudar para cá temporariamente. Brandon e eu estávamos juntos no chuveiro, falando sobre o nosso dia e o nosso futuro antes de irmos dormir.

— Acabamos de falar para o seu irmão que ele poderia morar com a gente, mas tem que se mudar antes do nosso casamento. Acho que pode ser um pouco em cima da hora — comentei, ao me virar no chuveiro e começar a enxaguar o xampu do cabelo.

— Eu sei, mas não quero mais esperar. Quero que todo mundo saiba que você é a Sra. Brandon Montgomery.

— Diga uma coisa: como é que você ficou solteiro por tanto

tempo?

— O que você quer dizer?

Nós trocamos de lugar sob o chuveiro.

— Você é o tipo do homem perfeito. Como alguém não agarrou você antes de mim?

Brandon parou de ensaboar o corpo e me deu o olhar que eu nunca queria ver — o olhar que não sorri. O olhar que me diz que alguma coisa está errada. O mesmo olhar que ele me deu quando falei uma vez que não acreditava que ele tinha uma vida sexual entediante antes de mim.

Ele me encostou contra a parede de azulejos brancos do chuveiro, os braços esticados, as mãos apoiadas na parede de cada lado do meu corpo, me enjaulando. Seus olhos castanhos escureceram enquanto olhavam para os meus olhos castanhos.

— Quantas vezes tenho que falar que você não é como as outras garotas que eu namorei? Você é a escolhida. Minha alma gêmea. Minha melhor metade. Do jeito que você quiser chamar. Nós estamos nos casando e vamos ficar juntos até que um de nós não esteja mais respirando. Nunca senti isso por nenhuma mulher antes. Então, pare de duvidar do que quer que esteja na sua cabeça.

Retribuí o olhar ardente.

— Tudo bem — sussurrei.

— Spencer, é sério. Somos nós dois para sempre, e eu quero que o para sempre comece amanhã.

— Não podemos fugir para nos casarmos. Você sabe o quanto as nossas famílias nos odiariam? O quanto Ryan nos odiaria? Ela está ansiosa para revidar aquele traje de pênis — falei, ficando vermelha e mordendo meu lábio inferior.

— Você quer dizer esse traje de pênis? — Brandon perguntou, cutucando seu pau endurecendo entre as minhas pernas.

— Não. Nós não vamos mostrar esse pênis em público —

brinquei, colocando a mão entre nós dois e agarrando seu membro.

O corpo de Brandon ficou tenso quando o acariciei da base até a ponta.

— Não podemos casar amanhã, mas tenho certeza de que podemos casar logo. Tenho material suficiente para planejar a cerimônia da noite para o dia, graças à Ryan.

— Ótimo, vamos casar neste final de semana.

— Você esqueceu da parte que Ryan quer revidar porque a fiz usar tudo com o tema de pênis?

— Esqueci, não estou pensando nem um pouco na Ryan nesse momento — comentou, olhando para a minha mão fazendo carícias.

— Ah, isso é bom. — Dei uma risadinha. — Sabe, eu sempre quis casar no outono.

— Tudo bem para mim. Escolha uma data em outubro e conte para todo mundo.

— Outubro deste ano?

— É — ele gemeu, encostando na minha pele nua e, em seguida, começando a me dar beijos, descendo pela frente do meu corpo.

— Você quer dizer o outubro daqui a cinco meses?

— Sim.

— Você não acha que está perto demais?

— Você não quer se casar comigo? — ele perguntou, erguendo o olhar para mim.

— Claro que quero. Mas...

— Mas nada. Você mesma disse dois minutos atrás que consegue planejar um casamento em vinte e quatro horas. Estou lhe dando cinco meses.

— Ótimo, vou olhar o calendário de manhã e escolher uma

data em outubro — falei, e depois comecei a acariciá-lo mais rápido.

Brandon deixou cair os braços que estavam me enjaulando e eu nos empurrei de volta para baixo do chuveiro até que os nossos corpos estivessem sem espuma e a água, começando a esfriar.

༄༅༅༅

Sentei à minha mesa, pensando sobre a noite anterior. Eu ainda estava me acostumando a morar com um cara, e agora tinha que morar com dois caras, e um deles era imaturo e baladeiro.

Folheei as páginas do calendário de mesa até chegar em outubro. Sempre quis me casar no outono, como contei para o Brandon, mas não tinha percebido que seria apenas um ano depois que minha vida mudara para sempre.

Brandon entrou na minha vida quando eu estava destruída e me colocou de pé. Ele era o escolhido, minha alma gêmea, meu amor, meu tudo, e eu ia ficar com ele para sempre.

— Oi, Spencer, está ocupada? — Acyn perguntou, depois de bater na porta e me assustar.

— Não, o que foi? — Coloquei o calendário de volta sobre a mesa.

— Estava pensando, você teria compromisso para o almoço hoje?

Eu não tinha.

— Não, não tenho.

— Ótimo, eu estava pensando se você queria ir comer alguma coisa.

Depois que Acyn ajudou a salvar a minha vida, eu tinha ido almoçar com ele para agradecer. Desde então, não tínhamos ficado sozinhos. Imaginei que ele, afinal, estava começando a entender que nunca ficaríamos juntos, mas havia um brilho em seus olhos que me dizia algo diferente.

Eu gostava do Acyn. Ele era uma pessoa divertida, extrovertida e doce. Se não fosse o Brandon, eu consideraria conhecê-lo melhor.

— Claro — respondi, pegando o celular sobre a mesa com a mão *esquerda*. Vi o olhar de Acyn seguir a minha mão com o anel, e então coloquei o celular na bolsa e levantei para sairmos. — Para onde você está pensando em ir?

— Japonês? Há um lugar ótimo descendo a rua que tem um sushi excelente.

— Claro, vamos.

Acyn e eu andamos três quarteirões pelas ruas lotadas do centro de São Francisco até o restaurante. Era mais fácil andar no centro do que dirigir. Com todas as ruas de mão única e os carros e pedestres, você estava sujeito a ter um pouco de fúria no trânsito e, bem, era quarta-feira e eu precisava trabalhar, portanto, não podia tomar um drinque no almoço.

— Bem, estou vendo que os cumprimentos estão na ordem do dia? — Acyn disse, apontando minha mão com um gesto de cabeça.

Eu não tinha visto Acyn no escritório desde que dera um encontrão nele na semana anterior. Tinha estado ocupada ajudando Skye, então, almoçava na sala dela. A Better Keep Jogging Baby, também conhecida como BKJB, estava procurando expandir para conseguir mais negócios, e eu passava meus dias fazendo *brainstorming* com Skye.

— Ah, sim. Brandon me pediu em casamento — falei, olhando para o meu anel, com um sorriso imenso.

— Ele é um homem de sorte.

— Eu acho que eu é que tenho sorte.

— Ah, é? Como assim?

Semicerrei os olhos para Acyn. Estávamos realmente tendo essa conversa?

— Vamos, Spencer, somos amigos — insistiu, com sua fala arrastada sulista.

— É, mas... você é homem. — Ri. *E está atraído por mim.*

— Tudo bem, entendi, mas parabéns, de verdade.

— Obrigada.

— Você tem mais amigas solteiras que possa me apresentar?

— Humm, nenhuma que eu possa pensar no momento, mas eu te aviso. O que aconteceu com a Sandie?

— Ela é uma garota muito bacana, mas não *aquela* que eu quero.

Imaginei que a melhor forma de Acyn me esquecer era encontrar alguém para ele. Alguém com quem ele gostaria de ficar por um longo tempo. Alguém que o fizesse feliz como eu faço Brandon feliz.

Acyn e eu conversamos e desfrutamos do almoço. Mostrei-lhe algumas fotos de amigas solteiras, e ele disse que estaria interessado em sair com algumas delas. Falei que perguntaria a elas o que achavam dele e daria uma resposta. Ele queria que eu deixasse seu emprego noturno fora do processo de arrumar namoradas e que estava quase conseguindo parar de fazer strip, por estar fazendo um bom dinheiro na BKJB.

Andamos os poucos quarteirões de volta ao escritório, e me senti bem com relação a estar próxima de Acyn. Então, ele finalmente disse, ao irmos para nossas salas no escritório:

— Parabéns, Spencer, de verdade. — Eu sabia que ele estava falando sério.

Sentei à minha mesa, absorvida pelo trabalho, quando o celular vibrou com a chegada de uma mensagem.

Brandon: Esqueci de dizer que é a minha noite de receber o pessoal do pôquer. Te amo!

Eu tinha esquecido também. Os rapazes relaxavam uma vez por semana, e não percebi que fazia oito semanas desde a última vez que Brandon fora anfitrião. Esta seria a primeira vez em nossa casa nova. Então, embora eu soubesse que Brandon tinha pôquer à noite, já que era uma quarta-feira, não sabia que seria em nossa casa. Eu pretendia começar a planejar nosso casamento, enquanto os rapazes curtiam o encontro.

Em geral, eu sairia com Ryan, mas eu realmente queria começar a planejar a cerimônia. Os cinco meses passariam antes que eu notasse.

Quando comecei a responder à mensagem, lembrei que tinha sido interrompida pelo convite de Acyn para almoçar antes de escolher a data para o casamento. Peguei o calendário e olhei as datas de outubro outra vez. Quando, por fim, escolhi uma, continuei a escrever a mensagem para Brandon.

Eu: *Certo, você precisa que compre alguma coisa no caminho para casa? Aliás, escolhi 'A' data. ;)*

Brandon: Não, estou mandando Blake comprar as coisas e depois vou parar no caminho para casa para pegar a cerveja. E você vai me deixar esperando o dia inteiro?

Eu: *Deixar você esperando? Você quer que eu te mande uma foto nua?*

Brandon: Quero!

Eu: *Deletei aquelas de dezembro... mas você deve estar com elas.*

Brandon: Talvez você possa tirar umas novas...

Eu: *Estou no trabalho, bobinho! Você quer saber a data ou não?*

Brandon: Quero. Quando vou casar com o amor da minha vida?

Sorri e fiquei vermelha ao ler a mensagem.

Eu: *12 de outubro.*

Brandon: Ótimo, vamos contar para todo mundo amanhã, já que tenho pôquer hoje à noite.

Eu: *Certo, mas nós vamos mandar save the date também.*

Brandon: Que diabos é isso?

Homens!

Eu: *Te conto mais tarde. Amo você <3*

☙❧

Sentei no meio da nossa cama king-size, ouvindo os rapazes falando alto lá embaixo através da porta fechada e folheando uma das revistas de noivas que Ryan me deu.

Eu já tinha tomado banho e trazido tudo o que precisava de lá de baixo para me ajudar a sobreviver à noite. A noite do pôquer em geral ia até tarde e eu estava me esforçando para manter os olhos abertos para dar um beijo de boa noite no Brandon.

Marquei páginas nas revistas, assinalei vestidos, estilos de cabelos e buquês de flores que gostei. Depois de fazer marcações em duas revistas, peguei o laptop e procurei ideias de *save the date* na internet.

Salvei algumas ideias nos favoritos para mostrar para o Brandon, mas, antes que eu continuasse, ele me mandou uma mensagem de lá de baixo. Balançando a cabeça, peguei o celular.

Brandon: Ainda estou pensando naquelas fotos...

Eu: *Não vou mandar agora de jeito nenhum!*

Brandon: Por favor!

Eu: *Você é maluco. Não vou mandar fotos nua com você cercado por um bando de homens!*

Brandon: Eles não vão ver. Prometo.

Ele estava maluco se pensava que eu faria isso.

Eu: *Hum... não. Por que você não manda os rapazes para casa*

Tudo o que eu sempre quis 59

e sobe aqui?

Brandon: Eles vão embora logo. Fale sacanagem comigo. ;)

Eu: *Você é doido!*

Brandon: Mal posso esperar para sua boca úmida chupar meu pau!

Que diabos ele estava fazendo? Rindo, respondi:

Eu: *O que está acontecendo? Você nunca me mandou mensagens enquanto está no pôquer.*

Brandon: Estou bêbado e quero foder você!

Ah, bom, isso explicava bastante. Só tinha visto Brandon bêbado algumas vezes. Não bebemos muito, mas parecia que, desde que Blake chegara, Brandon estava bebendo muito mais do que o habitual.

Continuamos a mandar mensagens um para o outro. Minhas mensagens no geral diziam apenas que ele era louco ou bobo, enquanto falava sobre fazer coisas com meu corpo. Estava chegando perto da minha hora de dormir, e Brandon tinha parado de me enviar mensagens de texto. Talvez um dos rapazes tenha gritado com ele por estar no celular? Eu não sabia, mas, logo que deitei a cabeça no travesseiro, dormi.

Capítulo Seis

Senti uma sensação de déjà vu de novo: acordei com Niner nos pés da cama e sem Brandon no seu lado da cama. Não fiquei em pânico como havia ficado antes. Brandon estava em casa ontem à noite quando fui dormir. Ele nunca iria beber e dirigir ou entrar em um carro com um motorista bêbado... certo?

Deslizei para fora da cama e beijei Niner na cabeça. Era aquele momento temido pela manhã: o momento de arrumar-se para o trabalho. Desde que nos mudamos para um local a quarenta e cinco minutos da cidade, agora eu tinha que levantar ainda mais cedo do que costumava. Eu não era uma pessoa matinal. Alonguei-me no caminho para o banheiro, pensando que provavelmente veria Brandon desmaiado no sofá lá embaixo.

Entrei no banheiro da suíte e vi Brandon em posição fetal no tapete de plush verde sálvia do banheiro, em frente à privada. Balancei a cabeça e dei uma risadinha para mim mesma. Acho que ele bebeu demais e ficou em adoração ao deus de porcelana.

— Amor? — falei, com uma voz calma.

Brandon não se mexeu.

— Amor? — tentei de novo, dessa vez balançando um pouco o seu ombro.

Ele se mexeu um pouco e gemeu ao virar de barriga para cima.

— Amor, venha para a cama — continuei, ajoelhando ao lado dele e esfregando seu braço.

Brandon só gemeu mais uma vez.

— Vou buscar água para você. Tente ir para a cama. Se não

conseguir, te ajudo quando voltar.

Saí do quarto e parei no banheiro de hóspedes. Brandon estava bloqueando a nossa privada e eu precisava mesmo fazer xixi; a única razão por eu ter entrado no banheiro, em primeiro lugar.

Niner me seguiu pelas escadas até a cozinha. Depois de deixá-lo sair para o quintal, enchi um copo com água filtrada e subi. Brandon tinha sido bem-sucedido ao conseguir chegar na cama, mas não a entrar debaixo das cobertas.

— Aqui, amor — falei, colocando o copo na mesa de cabeceira.

— Vou matar o Blake! — ele balbuciou no travesseiro.

— Por quê? — perguntei, rindo levemente.

Eu sabia o porquê. Brandon nunca bebeu tanto antes de Blake aparecer. Agora parecia que ele estava ficando bêbado pelo menos uma vez por semana, e eu era a pessoa que tinha que tomar conta dele.

— Ele ficava servindo as doses, eu estava ganhando e não prestava atenção. A próxima coisa que me lembro depois disso foi você me acordando no chão do banheiro. — Ele gemeu de novo no travesseiro.

Entrei no banheiro, peguei umas aspirinas e voltei, entregando-lhe os comprimidos enquanto ele se sentava e tomava um pouco de água. Acho que foi melhor dizer que ele não ia trabalhar, e eu tive que fazer sozinha o longo percurso pelo segundo dia seguido.

෨☉♡⌒෬

Eu: *Você está pronta para o Gideon na terça?*

Ryan: *Porra! Você está relendo os dois primeiros?*

Eu: *Estou. É muito chato que a gente não possa ler o novo juntas, como nos velhos tempos.*

Ryan: Eu sei :(

Pensei por um momento. Por que não podíamos fazer isso?

Eu: Tenho uma ideia! Que tal você me pegar no trabalho na segunda-feira, jantamos na minha casa, você finalmente conhece o Blake e depois ficamos acordadas a noite inteira, lendo o novo Gideon, e depois faltamos ao trabalho no dia seguinte?

Ryan: Acho que o Max vai trabalhar até tarde nessa noite também.

Eu: Eba! Vamos fazer isso!

Ryan e eu costumávamos ler os mesmos livros ao mesmo tempo e suspirar e rir e falar sobre o livro enquanto o líamos juntas. Nós gostávamos de beber vinho, comer pra caramba e nos divertir muito. Sinto falta daqueles dias.

O resto da semana e o fim de semana voaram. Brandon foi comprar um carro com Blake e eu fui comprar o vestido com a minha mãe, minha irmã, Ryan e Becca. Não sabia onde Blake estava arranjando dinheiro para comprar um carro, e não perguntei. Tive a sensação de que Brandon estava comprando para ele, ou assinando um empréstimo junto com ele.

Eu não tinha tido oportunidade de falar com Stacey, mas ela me mandou uma mensagem na quinta-feira e me contou que o Blake disse que não ia voltar para casa. Ela tinha superado a conversa fiada dele e prometeu que ainda viria para o meu casamento. Falei para ela que não teria problema se não viesse, mas ela insistiu. Ela queria aparecer com um namorado gato e fazer ciúmes no Blake.

Brandon escolheu quatro padrinhos e decidi por quatro das minhas amigas mais próximas para serem minhas damas de honra. Minha amiga Audrey foi a única que não conseguiu vir para a compra do vestido, mas confiava na escolha de Ryan para o vestido de dama de honra.

Tudo o que eu sempre quis 63

Assim como eu, minha mãe se apaixonou pelos vestidos coloridos de Alfred Angelo, mas, depois de experimentar quatro estilos e alguns não coloridos, decidimos por um vestido de tecido *charmeuse* cor marfim, com renda bordada com *strass*, contas de cristal e lantejoulas. O vestido tinha a forma adequada e se moldava ao redor do meu corpo em um círculo até à cauda semicatedral.

Foi o primeiro vestido que experimentei, mas nada depois dele pôde se comparar. Era perfeito. Mal podia esperar para vesti-lo e mostrá-lo para o Brandon. Minha mãe tirou fotos e enviou para o meu pai, enquanto enxugávamos nossos olhos e eu me olhava fixamente nos grandes espelhos de corpo inteiro.

Todas concordaram com Ryan sobre um vestido longo de chiffon e cetim para as damas de honra, azul-petróleo, busto franzido e cauda escova. Era um vestido império com um faixa prateada com laço na cintura, para combinar com as minhas cores do casamento. O estilo drapeado do vestido era com certeza para disfarçar a barriga crescente de Becca. Ela estaria grávida de sete meses na época do casamento, mas disse que não perderia a cerimônia por nada nesse mundo. Eu também não queria que ela e Jason perdessem. Eles tinham uma ligação muito forte com Brandon, e eu tive sorte em ser aceita e amada pelo seu círculo tão pequeno.

Depois que as funcionárias da loja para noivas tomaram as nossas medidas e fizemos os pedidos, fomos almoçar, como fizemos com Ryan depois da saída dela no que pareceu um episódio de *Say Yes to the Dress*. E, afinal de contas minha mãe estava aqui me visitando, e desta vez não foi depois de uma tragédia.

Todas rimos juntas, e mostrei para minha mãe e para minha irmã onde eu trabalhava e a academia do Brandon. Becca insistiu que nos mimássemos no spa, mas eles não tinham horários livres para massagens, então fizemos manicure e pedicure.

Minha mãe não estava habituada àquele tipo de tratamento. Eu não tinha certeza do motivo, mas ela sempre fez tudo sozinha. Ser mimada era uma das melhores coisas do mundo. Eu adorava fazer pedicure — até eles esfregarem os seus pés. Aquela merda faz cócegas e eles sabem, então seguravam o seu pé e esfregavam enquanto você tenta se desvencilhar e sair do assento. Eles tinham sorte de não serem chutados na cara!

Ryan foi com a gente para a minha casa e começamos o planejamento. Brandon e eu escolhemos o convite, e depois ele deixou que eu cuidasse das flores. Agendei uma degustação de bolo de casamento para Brandon e eu mais para o final da semana, e minha irmã e Ryan planejaram as lembrancinhas do casamento. As coisas estavam progredindo com perfeição.

No domingo, minha mãe e minha irmã voltaram para Encino. Elas voltariam de carro para o meu chá de panela, depois que escolhêssemos a data, e minha irmã estava pronta para festejar a minha despedida de solteira. Tenho que admitir que eu também estava. Fazia muito tempo que eu não me divertia saindo com minhas amigas. A última vez tinha sido na despedida de solteira da Ryan — e não havia terminado tão bem.

༺♡༻

De acordo com o planejado, Ryan me pegou depois do trabalho na segunda-feira. Nós duas estávamos animadas para que nossos Kindles contivessem o novo e sexy Gideon. Tínhamos esperado vários meses pelo livro e por fim ele chegara.

No caminho para casa, conversamos sobre a vida dela de casada. Max continuava trabalhando até tarde e Ryan passava muitas noites sozinha. Definitivamente ela tinha me derrotado no departamento de leitura de livros. Ela estava lendo cinco livros por semana, e eu tinha sorte se conseguisse ler um. Mas Ryan estava feliz. Max a fazia feliz quando estavam juntos, e isso era tudo o que importava.

Acho que ela mataria o Max se eles passassem mais tempo juntos. Aconteceu algumas vezes, quando morávamos juntas, de eu querer estrangular a Ryan, e tenho certeza de que ela se sentiu da mesma maneira em relação a mim.

Paramos em uma loja perto de casa e compramos três garrafas de Pinot e um pacote de chocolate *Ghirardelli* amargo. Íamos pedir comida chinesa, como nos velhos tempos, e contar os minutos até à meia-noite, quando Gideon seria entregue.

Estacionando na entrada da garagem, Ryan suspirou e disse:

— Queria que Max e eu morássemos em um bairro como esse.

— Ry, tive a melhor ideia de *todas* — gritei.

— Por que diabos você está gritando? Estou sentada bem do seu lado!

— Desculpe — pedi, agarrando seu braço com excitação ainda na voz. — Por que você e Max não compram uma casa aqui? Então a gente poderia se encontrar o tempo todo, principalmente quando Max trabalha até tarde.

— Oh! — ela arfou. — Adorei a ideia, mas não sei se Max aceitaria. Quero dizer, ele chegaria em casa muitíssimo tarde se tivesse que fazer esse caminho todos os dias.

— Ah, é verdade. — Suspirei e peguei a maçaneta da porta.

— Mas sabemos que Max faz tudo o que falo, então, vou falar com ele — ela disse com um sorriso imenso.

Talvez minha ideia fosse de execução improvável, mas eu queria minha amiga de volta. Detestava vê-la apenas uma vez por semana, se tanto.

Levamos o vinho e o chocolate para dentro de casa. Ryan ficou à vontade e sentou-se no banquinho do balcão da cozinha, enquanto eu pegava o cardápio da comida chinesa *delivery* para planejarmos nosso banquete.

Peguei o celular para fazer o pedido no momento em que os rapazes chegaram em casa.

— Oi, amor — falei, colocando os braços em volta do pescoço de Brandon e lhe dando um beijo bem longo.

Ryan e Blake pigarrearam.

— Uau, você deveria vir para casa sozinha todos os dias para eu receber esse cumprimento quando chegasse — Brandon brincou, beijando meus lábios mais uma vez.

Fiquei vermelha quando me dei conta que dois pares de olhos estavam nos encarando.

— Ah... Blake, essa é a minha melhor amiga, Ryan. Ryan, esse é o Blake, o irmão de Brandon.

Os dois apertaram as mãos. Blake pediu licença para tomar um banho rápido e Ryan se virou para mim e falou sem emitir som: "Oh, meu Deus". É, de fato, esses rapazes Montgomery são um sonho.

Fiz o pedido da comida chinesa e nos servi de Pinot. Enquanto esperávamos a comida, sentamos no quintal, bebendo nosso vinho com Brandon e Blake.

Blake se ofereceu para ser o nosso barman naquela noite, mas, dado seu estilo de servir drinques em excesso, declinei depressa, e lhe disse que ficaríamos com o vinho, afirmando que era tradição.

Depois do jantar, nós quatro trabalhamos no endereçamento de todos os convites para o nosso casamento.

— Você está convidando a Stacey? — Blake perguntou, ao ver o nome dela na lista.

— Estou — respondi secamente.

Não me importava com o que ele queria. Senti que precisava convidá-la desde que mandei a mensagem para ela sobre o pedido de Brandon e tudo mais. Não era minha culpa se Blake estava sendo um canalha e havia fugido.

Nosso convite estava deslumbrante, de papel grosso prateado com o texto em azul-petróleo:

Tudo o que eu sempre quis 67

NESTE DIA
VOU CASAR COM O MEU AMIGO
COM QUEM DOU RISADA, PARA QUEM EU VIVO,
COM QUEM SONHO E AMO

SR. E SRA. KEVIN MARSHALL
CONVIDAM PARA A CELEBRAÇÃO
DO CASAMENTO DE SUA FILHA

Spencer Nicole Marshall

com

Brandon Lucas Montgomery

NO SÁBADO, DOZE DE OUTUBRO
DE DOIS MIL E TREZE
ÀS TRÊS HORAS DA TARDE
NA THE BENTLY RESERVE
RUA BATTERY, 301
SÃO FRANCISCO, CALIFÓRNIA 94111
HAVERÁ UMA RECEPÇÃO APÓS A CERIMÔNIA

Depois que todos os convites foram envelopados, colados e selados, os rapazes foram jogar Call of Duty e Ryan e eu fomos levar Niner para um passeio, para queimar um pouco das calorias da comida chinesa.

— Sinto falta disso, Ry.

— Também sinto. Tanta coisa mudou em um ano!

— Eu sei. Queria não ter me mudado para tão longe, mas adoro este lugar. A cidade é tão... caótica.

— É verdade. Vou falar com o Max. Você sabe que eu sempre quis uma casa com uma cerca branca. Não temos esse tipo de casa na cidade.

— Oh, veja essa. Está à venda — comentei, ao passarmos em frente a uma casa a algumas quadras da minha.

— Uau, é maravilhosa.

Ryan pegou um panfleto da caixa e disse que iria falar com Max. Ela estava habituada a fazer as coisas do jeito dela, e eu tinha certeza de que ela poderia convencer Max; ela sempre conseguia.

❧♡❧

— Lori acabou de me mandar uma mensagem. O Gideon foi entregue no Kindle dela — falei para Ryan, notando que eram só dez e meia, e não meia-noite.

— É mesmo? — perguntou, colocando a taça de vinho sobre a mesa e pegando o Kindle de dentro da bolsa.

Subi as escadas correndo para pegar o meu. Brandon estava deitado na cama, vendo TV, sem camisa. Se eu não precisasse desta noite com a minha melhor amiga ou o Gideon, esqueceria tudo e iria para a cama com ele.

Peguei meu Kindle da mesa da cabeceira do meu lado da cama e me direcionei para sair do quarto. Brandon estava sexy demais para deixar passar. Joguei meu Kindle na cama, pulei, sentei com as pernas abertas em cima dele e lhe dei um beijo longo e quente.

— Bem, então... — Brandon disse.

— Não resisti.

— Vocês estão excitadas por causa desse Gideon?

— Tipo isso. Ele é meu namorado literário e estou prestes a ler sobre ele fazendo sexo quente com outra mulher.

— Devo ficar preocupado?

— Eu não acabei de sugar sua boca? Você vai ser beneficiado. *Confie* em mim — eu disse, beijando-o de novo antes de me apressar escada abaixo.

Lori estava certa: Gideon tinha sido entregue. Ryan e eu nos acomodamos em cada sofá. Nos certificamos de termos líquidos e petiscos no caso de precisarmos, e então mergulhamos na leitura.

— Deus, senti falta do Gideon. — Suspirei depois de estarmos lendo em silêncio por um tempo.

— Eu também. Em que parte você está?

— Capítulo três, ele está falando sobre o vibrador.

— Acabei de ler essa parte. Foi quente. Você devia pegar um ventilador para nós — ela disse, rindo.

Lemos em silêncio por muito tempo, só desfrutando da história.

— Oh, meu Deus! — Ryan sussurrou.

— O quê?

— Capítulo dezesseis.

— Cara! Entendi direito?

— Espero que o Gideon dê um soco no irmão.

— Também espero. Esse imbecil merece!

— E Corinne. Droga, ela precisa deixar o Gideon em paz.

— Eu mesma quero dar um soco nela! — eu disse. Nós rimos

e concordamos, inclinando a cabeça.

Continuamos a ler até o sol entrar pelas persianas, e, não muito tempo depois disso, Brandon desceu as escadas, vestido com a sua camiseta polo de trabalho e jeans.

— Vocês ainda estão lendo? — perguntou, rindo.

— É a tradição quando se trata do Gideon, amor.

— Quantas vezes mais vocês vão *precisar* fazer isso?

— Duas — Ryan e eu dissemos juntas.

Brandon riu, balançou a cabeça e foi em direção à cozinha para fazer seu café.

— Vocês querem café? — ele perguntou da cozinha.

Verifiquei a porcentagem no Kindle e vi que estava quase terminando o livro.

— Não. Estamos quase acabando e depois vamos dormir algumas horas — gritei em resposta.

Logo em seguida, Blake desceu as escadas. Ryan levantou os olhos do Kindle e observou Blake entrar na cozinha após dizer bom dia para nós. Eu a vi observando-o e, depois que ele saiu da sala, ela voltou sua atenção para o livro. Blake era um bom colírio para os olhos, mas em breve seria meu cunhado, portanto eu não o olhava daquele jeito.

— Aquelas garotas são malucas. — Escutei Blake falar para Brandon quando entrou na cozinha.

— É, e por um personagem — Brandon respondeu.

— Pelo menos ele é fictício, e não real — gritei para eles.

— É! — Ryan gritou, concordando.

Ouvi os rapazes rindo. Eles não entendiam.

Capítulo Sete

Planejamos uma viagem de verão com todos os amigos para o Quatro de Julho. O julgamento estava se aproximando rápido e eu precisava afastar minha mente do que poderia acontecer. Mais do que qualquer coisa, eu precisava estar cercada pelos meus amigos durante este período. O promotor informou que o advogado de Christy estava tentando fazer uma alegação de insanidade, mas eu não sabia se isso era suficiente. Ela tentou me matar, afinal de contas. Sim, ela era louca, mas ser colocada em um hospício era justiça suficiente?

O promotor também recusou o pedido de acordo para Colin. Fiquei feliz. Ele não merecia qualquer relaxamento de pena.

Ryan foi com Brandon, Blake e eu enquanto Jason e Becca foram separadamente e nos encontraram em Tahoe. Max estava no meio de um grande julgamento — outra vez. Mesmo tendo o dia quatro de folga, ele tinha que trabalhar no dia seguinte e não daria para se juntar a nós. Não tenho certeza de como Ryan lidava com os feriados com Max sem poder estar com ela; espero que eu e Brandon nunca tenhamos o mesmo problema, mesmo que seja um feriado curto como o Quatro de Julho.

Nós íamos para a cabana dos pais de Ryan em South Lake Tahoe. O Quatro de Julho era em uma quinta-feira, e decidimos que queríamos estar lá para ver os fogos de artifício na beira do lago. A casa era perfeita, de madeira, com quatro quartos, três banheiros e uma lareira gigantesca na sala, que deixava a casa quente e aconchegante para as noites de inverno, frias e com neve.

Eu só tinha estado na cabana uma vez desde que Ryan e eu nos tornamos amigas. Mesmo que fosse uma casa para passar férias, os pais de Ryan a tinham decorado para parecer um lar. Ela me lembrava uma cabana de esqui.

Vigas de madeira passavam por todo o teto, o que acentuava a lareira de pedra. Era de se imaginar que houvesse lustres de chifres por todo lado, mas não, eram luminárias muito modernas que funcionavam bem em uma cabana e ainda combinavam com a decoração.

Saímos da cidade um pouco depois das cinco horas, pois Ryan e eu conseguimos sair do trabalho mais cedo. Depois de chegar em Tahoe cinco horas mais tarde por causa do trânsito, nos esparramos na cama para termos uma boa noite de sono, descansarmos bem e estarmos prontos para festejar na noite seguinte.

Tahoe tinha uma das melhores celebrações com fogos de artifício do país, que acendia o céu, deixando-o claro por quilômetros e refletindo no lago; felizmente, não tínhamos que enfrentar o tráfego com milhares de pessoas tentando encontrar o lugar perfeito para ver o espetáculo.

Acordei por volta das três da manhã e notei que a luz estava acesa lá embaixo. Após usar o banheiro, desci um pouco as escadas e vi Ryan e Blake conversando, sentados em sofás opostos. Sem querer socializar, voltei para a cama com meu amor.

༺❦༻

Na manhã seguinte, os rapazes foram andar de mountain bike, e Becca, Ryan e eu nos acomodamos no deque com vista para o lago, olhando as pessoas fazendo esqui, *wakeboard* e navegando no lago em seus barcos. Os meninos iam parar na loja no caminho de volta para comprar ingredientes para o churrasco do jantar e bastante álcool, para a gente — menos para Becca, por estar grávida — beber a noite inteira.

Ryan estava passando bronzeador à minha direita enquanto Becca ajustava o chapéu e tomava um gole de limonada à minha esquerda. Incapaz de conter a curiosidade por mais tempo, perguntei à Ryan o que estava me incomodando desde que acordei de manhã.

— Então, você e Blake ficaram acordados até tarde. Certo, talvez não fosse uma pergunta, mas eu queria saber do que se tratava.

— Ah... ficamos. Estava difícil adormecer sem o Max, então desci para tomar água e Blake estava acordado vendo TV, então me juntei a ele.

— Humm, não vi a TV ligada — comentei, levantando uma das sobrancelhas para ela.

— Começamos a falar sobre Stacey e Max e, como não estávamos assistindo, Blake desligou a TV — Ryan respondeu, apertando o frasco do bronzeador como se não fosse nada demais.

Eu não tinha me intrometido no relacionamento de Blake desde a nossa "briga". Depois que Stacey me enviou uma mensagem dizendo que Blake falou que não voltaria para casa, eu também não levantei o assunto com ela. Não era da minha conta; no entanto, eu realmente achava que eles tinham sido feitos um para o outro.

— O que você quer dizer? O que está acontecendo com você e o Max? — Becca perguntou.

— Não tem nada errado. Não sei... ele trabalha demais e eu raramente o vejo, a não ser nos fins de semana. Estou me sentindo sozinha.

— Por que você estava falando sobre ele com o Blake, então? Quero dizer, Blake não tem um bom histórico no departamento de relacionamentos amorosos — falei.

Ryan não tinha que me contar a sua conversa particular, mas eu estava confusa. Ela e Blake mal tinham conversado no mês passado quando ela passou a noite na minha casa para a nossa leitura, e agora é a melhor amiga dele, recebendo conselhos amorosos? Do Blake?

— Começamos a falar sobre Stacey, e então conversamos sobre Max — ela respondeu, encolhendo os ombros.

Tudo o que eu sempre quis

— Certo, comece de novo. O que vocês falaram? — perguntei, antes de olhar para Becca e falar "Que merda é essa?" sem emitir som.

— Certo, mas não diga a ele que contei para você — ela me preveniu. — Ele disse que sente falta de Stacey, mas quer mesmo é levar adiante a ideia do bar.

— Não, quero dizer sobre você e Max. Por que você estava ouvindo conselhos amorosos do Blake?

— Não sei — respondeu, encolhendo os ombros de novo. Ela se inclinou para trás na cadeira, levantando a cabeça para pegar os raios de sol. — Só conversamos. Nada de mais.

— Não acredito em você — bufei, cruzando os braços sobre o peito. — Vi o jeito que você estava olhando para ele quando dormiu na minha casa mês passado. Você está atraída por ele, não está?

— O quê? Não! Sou casada — ela protestou. — Só conversamos, eu estava ouvindo a perspectiva masculina.

Becca sentou-se na cadeira e virou as pernas para nós. Sua pequena barriga de grávida apareceu entre as peças do biquíni.

— Não tenho certeza de querer um conselho de relacionamento do Blake. Você sabe que ele é um mulherengo, certo? — ela quis saber.

— Sei, Spencer me contou. Não tem nada entre a gente, eu juro.

— Ry, sei que você está sozinha, mas o Blake não é a resposta. Não traia o Max — falei.

— Eu nunca faria isso. Juro que não tenho nada com o Blake. E daí que eu olhei para ele? Não tem problema olhar.

— Eu sei. Só não quero que você seja seduzida por ele ou alguma coisa assim.

— Seduzida? — perguntou, dando risadinhas. — O que é isso, uma novela?

Nós todas rimos um pouco.

— Sim, e talvez o início do nosso próprio episódio de Jerry Springer.

༺♡༻

Quando os rapazes voltaram do passeio de bike, foram tomar banho enquanto as garotas e eu preparamos o jantar. Jason tinha comprado uma caixa de limonada para Becca. Desde que tinha engravidado, ela não tinha bebido outra coisa a não ser limonada. Ela não sabia a razão, mas havia alguma coisa no sabor doce e azedo que o bebê Taylor adorava.

Brandon foi o primeiro a sair do chuveiro e logo depois Jason se juntou a ele no deque para começar a preparar o churrasco. Eu e as garotas embrulhamos batatas em papel alumínio para assá-las, cortamos alface e vegetais para a salada, e envolvemos espigas de milho em papel alumínio para os rapazes grelharem.

Blake foi o último a sair do chuveiro. Eu o observei mais de perto enquanto ele contemplava minha melhor amiga quando ela se inclinou para colocar as batatas no forno.

— Blake, você pode levar estas cervejas para os rapazes? — perguntei, na tentativa de tirar a atenção dele de Ryan.

— Claro. — Ele pegou as três cervejas que eu tinha nas mãos e se juntou a Brandon e Jason no deque. Fiz uma prece silenciosa para que Ryan não se apaixonasse por esse sorriso Montgomery.

༺♡༻

Depois do jantar, fomos caminhar à beira do lago. Havia gente por todo lado. Alguns estavam cavando buracos para fazer fogueiras dentro; alguns, jogando vôlei; crianças e adultos nadando no lago e barcos navegavam nas partes mais profundas.

— Estou contente que estamos hospedados em uma casa só para nós — Becca disse, andando de mãos dadas com Jason.

— É verdade. Minha família vem todo ano, e está sempre lotado. Acho que esse é um dos motivos que fizeram meus pais comprarem uma casa aqui — Ryan comentou.

Brandon e eu andávamos descalços ao longo da margem. Ryan estava ao meu lado e Blake no outro lado dela, e Jason e Becca à nossa frente. O sol estava começando a se pôr, e em poucas horas o espetáculo de fogos ia começar.

— Vocês querem participar de um jogo com bebida? — Blake sugeriu.

Dei uma olhada para Brandon. Um olhar que dizia "É claro que *ele* quer fazer um jogo com bebida".

— Não posso beber — Becca respondeu.

— Você pode beber só a sua limonada e ainda assim jogar com a gente — Ryan disse.

— Qual jogo? — Jason quis saber.

— King's Cup — Blake continuou, jogando uma bola de futebol americano de volta ao rapaz que tinha perdido a jogada, e que quase tinha atingido Ryan.

— Adoro esse jogo! — Ryan disse, batendo palmas, sem nem perceber que quase tinha recebido uma bolada no rosto.

— É, vamos voltar e arrumar tudo — Brandon falou, pegando minha mão.

— Bec, tudo bem para você cuidar de cinco bêbados? — perguntei, rindo.

— Não seria a primeira vez. Você se lembra que fiz faculdade com esses dois? — perguntou, apontando para Brandon e Jason.

— Ei, nós éramos bons rapazes — Jason falou, dando um tapa na bunda de Becca.

— Fique se convencendo disso — Becca emendou, correndo um pouco para fazer Jason ir atrás dela.

Voltamos para casa. Os rapazes também tinham comprado na loja algumas garrafas de vodca, rum *Captain Morgan*, Coca-

Cola, suco de cranberry e cerveja. Ryan e eu fizemos vodca com cranberry enquanto os rapazes preparavam o jogo.

King's Cup é jogado com um baralho espalhado em volta de um copo grande: o copo do rei.

Cada um de nós, em sua vez, tira uma carta que estava virada para baixo, e, dependendo da carta, você tem que fazer uma certa coisa. Se você tirou um ás, você começa a beber e, em seguida, todos os outros também. Todos continuam até você parar. É chamado "cachoeira".

Se você tira um dois, escolhe alguém para beber um gole do que você está tomando.

Um três significa que você bebe a sua bebida.

Um quatro significa "putas" e todas as mulheres têm que beber.

Cinco é "dançar o *jive*". Uma pessoa faz um passo de dança e depois a pessoa seguinte tem que fazer o mesmo movimento e acrescentar mais algum. Continua até que alguém faz besteira, e então essa pessoa tem que beber. No momento que você fica bêbado e dançando descoordenadamente, você sabe que está se divertindo.

A carta seis é "pênis", e é claro que os rapazes bebem.

Um sete obviamente é o céu — o sétimo céu, e todos os jogadores estendem os braços para o alto. A última pessoa a fazer isso bebe. Essa é uma ótima carta quando as pessoas não estão prestando atenção ou alguém está bêbado demais para perceber que a carta sete foi tirada.

Oito é "parceiro". O jogador que pega a carta escolhe outro para ser seu parceiro. Isso significa que, quando um deles bebe, ambos têm que beber.

A carta nove pode ser uma das melhores ou piores cartas, dependendo do quanto o grupo for criativo. É chamado "arrebente uma rima". O jogador que pega a carta escolhe uma palavra e a pessoa seguinte tem que falar uma que faça rima. Isso continua até que alguém não consiga pensar em uma palavra que rime.

Dez é "categorias". O jogador que pega a carta escolhe uma categoria como tipos de bebida, tipos de cereal, etc. É óbvio que a brincadeira continua até que alguém não consiga pensar em algo que se encaixa na categoria.

Agora o valete é a razão para se jogar o jogo. O valete representa o jogo "Eu nunca". Este realmente não precisa ser explicado, mas você descobre muitas coisas sobre seus companheiros de bebida.

A rainha pode ser divertida. A pessoa que pega a carta começa fazendo uma pergunta a alguém. Essa pessoa tem que responder com uma pergunta para outra. Continua até que alguém fique com a boca fechada e não consiga pensar em uma pergunta.

E, por fim, o rei. O jogador que tira um rei pode "criar uma regra". A regra pode ser qualquer coisa, mas tem que ser seguida sempre, até que outro rei seja tirado. Se a regra não for seguida, aquela pessoa tem que beber. As primeiras três pessoas a tirarem o rei têm que despejar um pouco da sua bebida no copo que está no meio. Quem pegar o último rei termina o jogo e perde. Esse jogador tem que tomar em goladas o que quer que tenha no copo do rei, que é uma mistura nojenta de diferentes bebidas.

Sentamos no banco no deque. Brandon, Ryan e eu estávamos em um lado, e Jason, Becca e Blake no outro. Tínhamos escolhido as bebidas. Ryan e eu, a nossa vodca com cranberry, Becca tinha a limonada, e os rapazes, Captain Morgan e Coca-Cola.

Decidimos que Becca começaria, já que ela não estava bebendo álcool. Ela pegou uma rainha e as perguntas começaram a ser lançadas em volta de mesa. Foi bom ter essa carta no início, já que *ainda* não estávamos altos. Continuamos até que Blake não conseguiu fazer a pergunta e teve que beber.

Jason foi o próximo, tirando um dez.

— Vamos começar essa festa de verdade. A categoria que eu escolho é posições sexuais — ele disse, com um sorriso malicioso.

Brandon foi primeiro.

— *Cowgirl* invertida — falou, dando aquele sorriso.

— Cachorrinho — eu disse, com um sorrisinho para Brandon.

— Papai e mamãe — Ryan emendou.

— Super-Homem — Becca continuou.

— O quê? — Ryan e eu perguntamos em uníssono.

Jason estava rindo demais para responder e teve que beber um gole do seu drinque.

— Bem? — questionei, ainda querendo saber o que era o Super-Homem.

Jason prosseguiu, mostrando o que era o Super-Homem. Eu ainda estava confusa. Ele fez uns movimentos balançando para trás por cima de Becca deitada de costas no deque. Acho que era como a cowgirl invertida, mas com o cara por cima. Não tenho certeza de como isso poderia dar prazer para o cara; ele tinha que segurar seu corpo inteiro para cima com os braços.

Continuamos tirando cartas, dançamos *jives*, rimamos palavras com briga, amor, pau e vagina. Blake escolheu Ryan como parceira, o que fez minhas sobrancelhas levantarem. Depois que Blake fez isso, Ryan me escolheu e, em seguida, Jason escolheu Brandon. Nomeamos tipos de bebida, de cereal e de posições de ioga.

Estávamos todos ficando extremamente doidos, exceto Becca. O copo do rei estava quase cheio, e havia sobrado apenas um rei quando o céu foi escurecendo. Logo depois do anoitecer, o show dos fogos de artifício começou a acender o céu.

Observamos ao longo do guarda-corpo do deque. Brandon me envolveu por trás com seus braços, Jason fez o mesmo com Becca, e Ryan e Blake se debruçaram no guarda-corpo, lado a lado, e todos admiramos o espetáculo colorido.

Após o término, voltamos para nossos lugares e continuamos

o jogo. O ar da noite ficou fresco, eu estava na minha terceira bebida, e o álcool estava me aquecendo. Nós nos certificamos de que todos tivessem os copos cheios, e Brandon tirou o valete. Decidimos fazer cinco rodadas de "Eu nunca". Quem quer que colocasse um dos três dedos para baixo tinha que tomar um drinque.

— Nunca fiz sexo durante um voo — Brandon disse.

Blake, claro, colocou o dedo para baixo.

— Nunca traí minha cara metade — falei.

Blake e Ryan colocaram um dedo para baixo. Olhei para Ryan como que perguntando.

— O quê? Foi quando a gente estava na faculdade. Não foi com Max — justificou, e era a vez dela. — Eu nunca beijei uma pessoa casada.

Blake, é claro, colocou outro dedo para baixo e Brandon também. Olhei atentamente para Brandon.

— O quê? — ele perguntou.

— Você já beijou uma mulher casada?

— Já, muito tempo atrás.

— Interessante — eu disse, secamente.

Blake disse:

— Eu nunca... — E então parou. Nós todos o observamos enquanto ele pensava em alguma coisa que ele nunca tivesse feito. Nós rimos, ele continuava pensando até que afinal disse: — Ah! Nunca beijei um homem antes.

Claro que Ryan, Becca e eu colocamos um dos nossos dedos para baixo. Acho que foi uma certa trapaça da parte dele, para ter alguém no mesmo nível que ele.

— Nunca fiz *ménage a trois* — Becca falou na vez dela.

Mais uma vez, Blake colocou um dedo para baixo.

Jason disse:

— Eu nunca... — ele olhou para baixo, para os dedos de Blake — fui pego dirigindo sob influência de álcool.

— Ei, isso não é justo — Blake contestou. Pensei que ficaria bravo, mas ele riu, terminou o resto do drinque e se levantou para encher os copos. — Você me ajuda com os copos? — perguntou à Ryan.

— Claro — ela disse, se levantando e entrando na casa.

Brandon passou a mão pela minha perna, o que me fez arrepiar.

— Está se divertindo? — perguntou.

— Sim.

Ele virou minha cabeça em sua direção e me beijou com suavidade. Adoro esses beijos suaves, faz com que me sinta especial e amada. Estávamos vivendo nosso primeiro Quatro de Julho juntos.

— Nós deveríamos vir aqui todos os anos — Jason disse, e Brandon e eu separamos nossos lábios.

— Oh, é uma boa ideia — concordei.

— Você quer vir com um bebê no ano que vem? — Becca perguntou, passando a mão sobre a barriga.

— Claro, por que não? — ele perguntou, encolhendo os ombros.

— Vamos ver — ela disse, rindo. — Você não tem ideia do que está à nossa espera.

Blake e Ryan voltaram com os nossos drinques. Notei um brilho no olhar de Ryan, e eu tinha esperança de que não significasse o que pensei.

Jogamos o resto das cartas até que Becca tirou o último rei, e decidimos que, já que ela não podia beber, nós dividiríamos o conteúdo do copo entre nós cinco. Foi a coisa mais horrível que tomei na vida. Vodca, suco de cranberry, Captain Morgan e Coca-Cola não combinam!

࿇

O dia do julgamento finalmente chegou. Fiquei agitada e me virei e mexi a noite toda porque estava nervosa... nervosa por testemunhar, nervosa em ver aquelas pessoas más de novo e nervosa com o veredito. O procurador e o advogado de defesa já haviam escolhido o júri na semana anterior e era isso — sem mais espera.

Eu usava um vestido preto simples com pregas na frente e sapato preto de salto. Brandon vestia calças pretas e camisa de manga comprida toda preta, e a gravata também. Parecia que íamos para um funeral. Ironicamente, espero que venha a ser um. É óbvio que Christy, Michael e Colin não receberiam a pena de morte, mas eu queria que eles sentissem que suas vidas tinham acabado.

Blake veio conosco para a cidade, mas teve que cuidar de alguns negócios para Brandon e Jason em vez de entrar na corte. Precisando de dinheiro, Blake tinha sido contratado por Brandon e Jason para lidar com os novos clientes. Desde que minha chefe, Skye, publicou seu artigo em novembro, o Club 24 teve muita exposição. Pegar as inscrições dos clientes novos e inseri-las nos pacotes para alunos, que também incluíam duas sessões de uma hora com personal trainer, tinha se transformado em um emprego de período integral. Funcionou perfeitamente com a chegada de Blake.

Ao nos aproximarmos das escadas do tribunal, Brandon e eu vimos Ryan, Max, Becca e Jason nos esperando. Eles também estavam vestidos de preto. Tê-los aqui como apoio era uma benção. O promotor os colocou na lista de testemunhas e poderia chamá-los ou não. Eles não tinham que comparecer todos os dias do julgamento, mas eles insistiram.

Cada um poderia testemunhar sobre a reputação de Christy de ser uma mentirosa e, bem, ser completamente louca. Jason e Becca também poderiam testemunhar contra Michael e Colin sobre o tempo deles de faculdade e o que levou a tudo o que aconteceu comigo para tentar arruinar a vida de Brandon.

— Quem morreu? — perguntei, me aproximando do meu círculo de amigos.

No Quatro de Julho, falamos sobre nos vestirmos de preto para este dia. Ryan queria se vestir de macacão laranja, mas, apesar de que teria sido engraçado, nós não poderíamos, já que íamos testemunhar... e eu não tinha roupa laranja, de qualquer maneira.

— Bem poderia... — Jason murmurou.

Nós nos abraçamos e respiramos fundo antes de subirmos as escadas e passarmos pela segurança. Depois de sermos liberados pelos detectores de metal, fomos para a sala de painéis de madeira do tribunal.

Ao entrarmos, engoli em seco para tentar conter a náusea. Minha mão apertou instantaneamente a pegada firme da mão de Brandon.

— Estou ao seu lado, amor, você consegue fazer isso — Brandon sussurrou no meu ouvido enquanto me conduzia para um assento na primeira fileira do lado direito da sala do tribunal.

Alguns minutos depois, o promotor e sua assistente entraram na sala do tribunal e colocaram as pastas sobre a mesa à nossa frente.

— Spencer, você vai se sair bem — disse a assistente do promotor, Kimberly, quando se virou para verificar nossa presença lá.

— Espero que sim — sussurrei.

Brandon esfregou seu polegar na parte de cima da minha mão. Curiosamente, eu estava mais nervosa agora do que tinha estado quando Christy tentou me matar, ou quando Michael e

Colin me sequestraram. Acho que é verdade que você pode fazer qualquer coisa com adrenalina correndo pelas veias.

Momentos depois, alguns oficiais de justiça escoltaram Christy, Michael e Colin para os seus assentos atrás da mesa do lado esquerdo do tribunal. Não olhei para eles ao entrarem. Não podia. Não queria demonstrar medo, mas não conseguia olhá-los. Eu não podia olhar nos olhos deles. Ainda não, e talvez nunca.

Levantei a cabeça e olhei para Brandon; ele estava olhando para os réus com o maxilar cerrado. Eu não podia imaginar ver seu passado entrando em uma sala com algemas, principalmente depois de tentar destruir seu futuro.

— Todos em pé — anunciou o oficial de justiça.

Respirando fundo e calmamente, levantei. O juiz entrou e a semana mais longa da minha vida começou.

Capítulo Oito

Sentamos em silêncio na sala de estar de Becca e Jason. O júri estava deliberando durante a maior parte da manhã. Depois de quatro dias de provas e testemunhos, agora estava nas mãos deles.

Chegamos no tribunal na sexta-feira de manhã. O advogado de defesa e o promotor expuseram as suas alegações finais e fomos dispensados enquanto o júri determinava o destino dos meus pesadelos.

— Para todos os efeitos, Spence, Welsh fez um excelente trabalho — Max afirmou, quebrando o silêncio.

Wyatt Welsh era o promotor lutando pelos meus direitos. Eu tinha achado que ele fez um bom trabalho, mas quem eu era para saber? Max, contudo, era o advogado entre nós e eu esperava que ele estivesse certo. *Nós* precisávamos que ele estivesse certo.

Fiquei devaneando no sofá de couro ao mesmo tempo em que eles falavam sobre a semana que tínhamos aguentado. Meu cérebro estava exaurido demais para falar sobre o julgamento. Eu os escutei falando sobre a solicitação do advogado de defesa para Christy receber uma alegação de insanidade.

— Vou fazer alguns sanduíches enquanto esperamos. Quem sabe, talvez o júri esteja pronto depois do almoço. Não vamos querer estar com fome — Becca disse, esfregando a barriga em expansão. — Além disso, Jason Jr. está com fome. —

Meus olhos pararam onde Becca estava. *Jason Jr. está com fome?*

— Você vai ter um menino? — Ryan perguntou, tão confusa quanto eu.

Tudo o que eu sempre quis   87

— Não, ainda não sabemos. Nós só esperamos que seja um menino — Becca respondeu, inclinando-se para beijar Jason docemente nos lábios antes de ir para a cozinha.

Comemos os sanduíches que Becca e Ryan prepararam para nós. Mal consegui comer. A ansiedade estava me corroendo, e não tive apetite. Comecei a andar de um lado para o outro, deixando os outros nervosos.

— Amor, venha aqui — Brandon pediu, fazendo sinal para eu sentar ao lado dele.

— Não consigo — declinei, ainda andando.

— Por favor? — Brandon pediu.

Parei de andar, bufando, e voltei para o sofá, me inclinando para encostar em Brandon. Ele me envolveu com seu braço e me aconcheguei. Ele acariciou meu braço com os dedos, acalmando-me. Nunca me senti mais segura do que nos braços dele. Sabia, do fundo do meu coração, que não importava o que acontecesse, ele sempre estaria ao meu lado.

Meu olhar ficou sem rumo assim que o celular de Brandon começou a tocar. Observando a tela enquanto ele o tirava do bolso, vi que era o promotor.

— Alô! — Brandon disse. — Mesmo? Certo, estaremos lá.

— E então? — Jason perguntou, quando Brandon tocou o botão de desligar.

— Eles já têm o veredito.

Meu estômago embrulhou. Todos os olhares se voltaram para mim.

— Tudo bem — murmurei, e levantei com as pernas trêmulas.

Era isso.

Voltamos para o tribunal. Brandon segurava a minha mão, deixando-me segura. Não importava o que o júri iria dizer, eu ia ficar bem. Brandon se certificaria disso.

Como no primeiro dia e nos que se seguiram, ficamos sentados enquanto os oficiais de justiça trouxeram Christy, Michael e Colin para a mesa do lado esquerdo. Eles não estavam de macacão, mas em traje social. Eu queria que eles estivessem algemados e usando os macacões laranja brilhante. Meu coração estava aos pulos, as palmas da minha mão suando, e achei que fosse desmaiar a qualquer momento.

Levantamos quando o juiz entrou e depois nos sentamos em nossos lugares. Logo que que o juiz tomou conhecimento da situação, se virou para o júri e perguntou para o primeiro jurado se tinham chegado a um veredito.

— Chegamos, Meritíssimo — disse um homem de meia-idade, gordo e careca.

Os poucos minutos que o juiz levou para ler o veredito para si mesmo e dar a aprovação para o primeiro jurado ler o veredito em voz alta passaram em câmera lenta, como ver um acidente de carro na frente dos seus olhos.

Brandon apertou minha mão e não a soltou. Sua perna direita se movia para cima e para baixo, e eu sabia que ele estava tão nervoso quanto eu, mas estava calmo e sereno por mim.

— No caso de Califórnia versus Christy Adams, sobre conspiração para cometer assassinato, como o júri declara a ré?

— Culpada.

— No caso de Califórnia versus Christy Adams, sobre tentativa de assassinato, como o júri declara a ré? — continuou o juiz.

— Culpada — respondeu o primeiro jurado.

Meu corpo relaxou um pouco. Ryan agarrou minha mão esquerda enquanto Brandon segurava a direita, apertando um pouco para mostrar que ela estava ali para me ajudar.

— No caso de Califórnia versus Colin Rhodes, sobre conspiração para cometer assassinato, como o júri declara o réu?

Brandon olhou para a nossa esquerda, onde Colin Rhodes estava em pé com Christy e Michael. Christy estava soluçando com as mãos no rosto, mas ninguém a tocou para confortá-la. Ela não merecia se sentir melhor. Mais importante ainda, ela mereceu os vereditos de culpa.

— Culpado.

Assim que o primeiro jurado verbalizou o veredito, o corpo de Colin se retesou instantaneamente.

Brandon soltou minha mão e ficou acariciando o meio das minhas costas, acalmando meus nervos. Eu me encostei nele, precisando que ele me segurasse. Não acreditava no que estava ouvindo. Meus amigos e eu sabíamos que eles eram todos culpados, mas eu tinha medo que o júri não acreditasse na culpa deles.

— No caso de Califórnia versus Colin Rhodes sobre rapto, como o júri declara o réu?

— Culpado.

Culpados. Os dois eram culpados até agora. Pensei comigo mesma que o júri tinha que achar que Michael também era culpado de todas as acusações. Ele era o cabeça por trás de tudo. Ele aliciou Colin para ajudá-lo a perseguir a Brandon e a mim. Ele convenceu Christy que poderia ter Brandon de volta se me matasse. Ele mesmo me disse que era o mentor. Tudo foi ideia dele. Ele queria que Brandon pagasse só por ter sido melhor que ele anos atrás, na faculdade.

Virei minha cabeça para a esquerda de novo; as mãos de Colin estavam apertadas contra os lados do corpo, Christy ainda estava chorando com as mãos no rosto, e Michael estava sem expressão nenhuma, como se não tivesse ouvido uma palavra do que o primeiro jurado disse.

— No caso de Califórnia versus Michael Smith sobre rapto, como o júri declara o réu?

— Culpado.

Foi isso. Aquelas eram todas as acusações. Meus amigos me envolveram em longos abraços, e lágrimas rolavam pelo meu rosto. Eles iam para a prisão. Não sabia por quanto tempo, mas não me importava naquele momento. Fiquei aliviada por não terem escapado de nada. Se eles pegassem apenas alguns meses de prisão, Brandon e eu lidaríamos com isso quando chegasse a hora.

O juiz bateu o martelo na mesa, pedindo silêncio e que os advogados de defesa controlassem seus clientes. Colin estava gritando com Michael, e Christy ainda estava chorando. Michael em nenhum momento se virou para Colin enquanto ele estava gritando. Simplesmente olhava para a frente como se nada o perturbasse.

Brandon não soltou a minha mão em nenhum momento, nem mesmo quando abraçou nossos amigos. Nós erámos um nesse instante. Nós seis nos abraçamos e depois nos sentamos, como o juiz ordenou. Finalmente, meu corpo estava relaxando.

— Obrigado pelo seu tempo e sua devida diligência. Estão todos dispensados — disse o juiz para o júri.

Observei quando eles saíram do tribunal por uma porta perto da bancada do juiz.

— A corte está dispensada até segunda-feira de manhã para as sentenças.

Segunda-feira? Tínhamos que esperar até segunda-feira para descobrir quanto tempo de cadeia eles iam pegar?

Saímos do tribunal para o salão, onde o promotor falou conosco e nos avisou que poderíamos voltar na segunda-feira, ou ele poderia me ligar e informar quanto tempo de prisão cada um recebeu. Eu não tinha certeza se queria voltar.

☙♡❧

— Vocês acham que Brandon vai gostar? — perguntei para Ryan e Becca.

As duas tinham ido comigo depois do trabalho comprar

o presente de aniversário dele. Eu tinha uma viagem surpresa com todos os nossos amigos planejada para ele. Uma limusine ia nos buscar já com todos os nossos amigos dentro e, em seguida, nos levar para Napa para fazermos uma degustação de vinhos. Íamos ficar hospedados no Auberge du Soleil, e no dia seguinte retornaríamos para casa.

— Ele vai adorar. É linda — Becca respondeu.

— É, ele vai adorar, Spence — Ryan disse, concordando.

— Bem, espero que sim, ou estou fodida — falei, rindo.

Deixei as garotas na cidade e voltei para casa. Eu as veria de manhã, quando a limusine nos pegasse, e todos estávamos animados, exceto a grávida Becca. Na verdade, ela estava animada por causa de todo o queijo que iria comer. Naquele dia de manhã, eu disse a Brandon que precisava ir com o meu carro para o escritório porque teria uma reunião às cinco horas, e não sabia quanto tempo demoraria. Isso não era comum, mas Brandon não questionou, graças a Deus. Blake estava por dentro da surpresa e apressou Brandon a entrar no carro, para não se atrasarem para o trabalho.

Para o aniversário de Brandon, nós tínhamos dito a ele apenas que iríamos jantar depois que ele e Blake fossem andar de mountain bike. Ele pareceu um pouco desapontado, mas realmente adorava andar de bike e não encarou como um problema.

Quando cheguei em casa, tentei ficar longe de Brandon tanto quanto pude. Não queria que ele visse o presente de aniversário até que fosse seu aniversário de verdade. Algumas vezes ele questionou por que eu estava usando mangas compridas em julho. Tentei disfarçar e disse que a camisa era fina o suficiente e que eu não estava com calor. Eu estava queimando!

Uma hora depois que cheguei em casa, tirei a bandagem e tomei um banho rápido antes que Brandon se juntasse a mim. Em geral, tomávamos banho juntos, portanto, eu sabia que ele ficaria desconfiado. Depois de sair do chuveiro, vesti o meu casaco de moletom dos Giants e falei para o Brandon que estava confortável com a roupa, quando, na verdade, estava morrendo de calor.

Já que Blake fazia parte do segredo, eu o vi ligar o ar-condicionado para mim. Falei "obrigada" para ele, sem emitir som, para Brandon não ouvir. Por sorte, os Giants tinham um jogo, então bebemos cerveja e assistimos ao jogo até chegar a hora de ir para a cama.

— Acorde — eu disse para Brandon à meia-noite.

— O quê... o que aconteceu? — ele perguntou, murmurando, provavelmente ainda meio adormecido.

— Nada. Quero dar meu presente de aniversário para você — falei, beijando seu peito nu.

— Oh — ele disse, virando para ficar deitado de costas.

— Tenho que acender a luz.

— Por quê? Não preciso de luz para ver onde vou enfiar — falou, rindo e passando a mão embaixo da minha camisa.

— Não é esse o seu presente de aniversário — respondi, dando um tapa na sua mão.

— O quê? Por que não?

— Bem, quer dizer, sim. É seu aniversário e tudo mais, mas isso não é o seu presente.

Acendi o abajur da mesa de cabeceira. Ambos apertamos os olhos, e então, quando se ajustaram à luz, tirei a camisa de manga comprida que eu tinha usado na cama... outra coisa incomum.

— Hum, tenho certeza de que é assim que o sexo começa — brincou, me olhando enquanto eu jogava a camisa no chão.

— Verdade, mas tenho que tirar minha camisa para mostrar o presente para você, aniversariante.

— Certo...

Cheguei mais perto de onde ele estava deitado na cama e

estendi meu pulso esquerdo.

— Eu fiz isso hoje — expliquei, e apontei para a minha nova tatuagem.

— Você fez uma tatuagem? — ele duvidou, sentando e agarrando meu pulso para olhar mais de perto.

Ele olhou para minha tatuagem nova, sem dizer nada. Pedi para o tatuador fazer o símbolo do infinito, com as iniciais B e S interligadas na parte inferior. Em vez do símbolo *ampersand*, tinha um coração vermelho que separava o B e o S.

— Sei que pode ser um pouco tolo da minha parte fazer uma tatuagem no meu corpo para o seu aniversário... — comecei a explicar.

— Eu adorei — ele disse, beijando a tatuagem. — É o símbolo do infinito, não é?

— É, sim.

— É perfeita, como você — continuou, e beijou o meu braço, subindo, e não parou até que todos os seus desejos de aniversariante fossem concedidos.

༄۞༄

— Spencer, você pode vir à minha sala? — Skye pediu pelo interfone do escritório.

— Claro, já estou indo.

Segui pelo corredor até a sala de Skye, no canto. Quando passei pela soleira da porta, vi Acyn sentado em uma das poltronas marrons em frente à mesa dela.

— Sente-se, Spencer — Skye disse, indicando que eu me sentasse do lado de Acyn.

Eu não sabia o que estava acontecendo. Acyn e eu estávamos em bons termos. Eu o coloquei em contato com uma amiga, Leigh, e pensei que tivéssemos superado o que quer que tivesse havido entre nós, o que ele sentia por mim. Na verdade, eu achava que

Leigh e eu éramos parecidas. Tínhamos um sorriso semelhante e nosso cabelo tinha o mesmo tom de castanho. Eu ia começar a desistir de Acyn.

Olhei para ele com curiosidade como se quisesse perguntar silenciosamente "Que merda está acontecendo?".

— Então... — Skye começou, pousando a caneta na mesa. — Acyn trouxe um assunto para mim. Vai ter uma exposição sobre saúde em Los Angeles no final de novembro...

Meu corpo relaxou na hora com as palavras dela.

— Algumas coisas... surgiram e não poderei participar, mas quero que vocês dois vão juntos, formando uma equipe, e promovam a BKJB e o que o nosso site tem para oferecer.

— Tudo bem — concordei.

— São só três noites. Vocês iriam na quinta-feira à tarde e voltariam no domingo de manhã. Suas refeições serão incluídas, portanto, podem pedir o quanto quiserem no serviço de quarto.

— Para mim parece bom — falei, olhando para Acyn com um sorriso.

Acyn me deu uma olhada, uma olhada que interpretei que ele estava ansioso para passar um tempo comigo sozinho, ficar em um hotel comigo. Era óbvio que ele não me conhecia bem. Eu nunca trairia Brandon, não importa o quanto o corpo de Acyn fosse atraente. Não me entenda mal, era um corpo bonito de se olhar, mas Brandon tinha mais do que apenas um corpo atraente. Ele era tudo o que eu sempre desejei. Para sempre.

— Não preciso ficar em hotel; vou ficar com os meus pais — acrescentei, olhando de volta para Skye.

— Vamos resolver todos os detalhes mais tarde. Só queria que vocês soubessem que vamos fazer parte da exposição e que vocês representarão a BKJB — Skye explicou.

Acyn e eu saímos do escritório de Skye depois que fomos dispensados.

— Até mais tarde, Spencer — ele disse, com um tom áspero.

— Até — respondi.

Um dia desses, ele desistiria de tentar transar comigo. Obviamente não seria hoje, mas eu esperava que fosse antes de irmos para debaixo da terra, porque eu amava meu trabalho, e não poderia ser amiga de alguém que quisesse mais do que apenas minha amizade.

Capítulo Nove

O clima estava quente em agosto. Bem, quente para os habitantes de São Francisco. Os dias marcavam por volta de vinte e três graus e, durante a noite, a temperatura chegava a quinze graus. Agosto era o nosso verão, definitivamente. Paguei as passagens para minha mãe e irmã virem para São Francisco para o meu chá de panela. Eu sabia que elas não queriam perder, e ficar viajando para me visitar era uma despesa que minha família não tinha o luxo de fazer. Eles não tinham dinheiro extra para comprar passagens caras de avião, ou gastar mais de um dólar por litro da gasolina.

Ryan e Becca planejaram meu chá de panela com a ajuda da minha mãe e minha irmã. O Club 24 tinha uma sala aberta em cima da academia, que se expandia por quase todo o andar superior do prédio. Tinha vista para a baía e era perfeita para o evento. Do outro lado da sala aberta ficavam os escritórios de Brandon e Jason, com o vestiário dos funcionários e uma escada separando os dois lados.

A sala aberta era alugada para festas particulares. Já que o Club 24 tinha *tudo*, muitos pais faziam as festas de aniversário dos filhos lá. Era perfeito. As crianças podiam nadar, jogar vôlei de praia, basquete ou mesmo tênis, tudo no mesmo lugar que os pais usavam a sauna, recebiam uma massagem ou faziam sessões de bronzeamento. Brandon e Jason tinham pensado em tudo. Não era de admirar que fossem tão bem-sucedidos.

Chegamos cedo no meu chá de panela. Minha mãe e minha irmã não sabiam para onde ir, e, como eu era a motorista delas, não me incomodava em ajudar a preparar meu evento, mesmo que fosse o meu dia.

Quando chegamos ao enorme complexo, Ryan e Becca

Tudo o que eu sempre quis 97

já estavam arrumando a sala que tinha vista para a cidade e a baía. As mesas redondas, cobertas com toalhas de linho branco, estavam cercadas por cadeiras dobráveis também brancas. Os buquês de flores de verão enfeitavam o centro das mesas com tons prateados e azul-petróleo, entrelaçados para exibir as cores do meu casamento.

— Não espere por nós — falou minha mãe com alegria na voz.

— Desculpe, Jules, você sabe como eu sou — Ryan disse, vindo abraçar minha mãe e minha irmã.

— Sim, eu sei. O que mais precisa ser feito?

— Vou colocar a música — falei, deixando as garotas trabalharem em qualquer outra coisa que precisasse ser terminada.

Fui para os escritórios do outro lado do saguão. Ao andar em direção à sala de controle, ao lado do escritório de Brandon, vi a Sra. Robinson saindo do vestiário dos funcionários.

— Os clientes não podem vir aqui — falei secamente, incapaz de controlar minha aversão por ela.

— Mesmo quando são convidados, *Spencer*? — ela ronronou.

— Do que você está falando? — sibilei.

— Nada, tenha um bom dia — falou, continuando a descer as escadas.

O que ela quer dizer com ser convidada para entrar no vestiário?, eu me perguntei ao ligar a música para a sala da festa. Quando fechei e tranquei a porta da sala de controle, vi Jay, um dos personal trainers, saindo do vestiário... então me dei conta: eles estavam fazendo sexo no vestiário masculino.

— Oi, Spencer — ele disse, acenando para mim ao descer as mesmas escadas que Teresa tinha acabado de descer, como se nada tivesse acontecido, como se fosse um dia normal de trabalho.

— Oi — respondi, observando o rapaz descer as escadas.

Voltei para a sala onde meu chá de panela estava acontecendo.

Brandon e eu fizemos sexo no escritório dele, mas os outros funcionários fazendo sexo com alunos? Decidi apenas desfrutar da minha festa e não pensar nisso. Eu levantaria o assunto com Brandon mais tarde.

Amigas e parentes chegaram logo após tudo estar arrumado. Eu não via a maior parte delas há algum tempo, e foi bom colocar a conversa em dia. Elas se sentaram à mesa, ficaram ao lado da comida, tomaram vinho e ponche de champanhe e conversaram entre si. A mãe e o pai de Brandon tinham vindo do Texas. Insistimos que havia muito espaço em casa, mas eles preferiram ficar em um hotel na cidade para que nossa casa não parecesse uma pensão.

— Senhoras, agora que todas estão satisfeitas e Spencer tomou algumas taças de champanhe, é hora dos jogos! — Ryan anunciou, parecendo uma criança na manhã de Natal.

As mulheres se reuniram em grupos e participaram do jogo tradicional de fazer um vestido de noiva com papel higiênico. Minhas amigas Audrey, Loralee e Diane ganharam. Ryan deu de presente para elas um certificado para o spa do Club 24. Olhei para Becca e ela sorriu. Em geral, as pessoas ganhavam cartões-presente da *Starbucks*, mas não quando seu noivo e seus melhores amigos possuíam um enorme complexo de esportes equipado com um spa que oferecia serviço completo.

Em seguida, todas responderam perguntas sobre mim, e minha amiga Brandi ganhou por saber mais sobre mim do que as outras pessoas que jogaram. Não fiquei surpresa. Fora Ryan e Audrey, Brandi era minha amiga mais antiga.

— Em seguida, Spencer vai responder perguntas sobre Brandon. Por favor, escreva o número de respostas que você acha que ela vai acertar. Temos quinze perguntas — Ryan instruiu.

Sentei-me ao lado da Ryan, na frente de todas as minhas amigas e família. Em silêncio, rezei para que não tivessem perguntas sobre sexo. Eu não queria que a minha mãe ou a mãe de Brandon soubessem sobre nossa vida sexual, mas também conhecia Ryan, e sabia que ela faria esse tipo de pergunta. Ela queria me envergonhar, e isso me deixou nervosa em relação à minha despedida de solteira.

— Pergunta um: qual é o segundo nome de Brandon? — ela perguntou.

— Lucas — respondi.

— Está correto.

— Você acha que eu não saberia o segundo nome dele? — perguntei. Todas na sala riram.

— Claro que não, mas só estamos aquecendo — ela respondeu e piscou.

— Ótimo — murmurei.

— Qual é a cor favorita do Brandon?

— Verde.

— Correto.

— Qual é a estação do ano favorita de Brandon?

— Hum... verão?

— Errado. É outono, porque ele disse que você contou para ele que sempre quis se casar no outono, então agora é a época do ano favorita dele, de uma maneira especial porque é exatamente o que você está fazendo.

Fiquei vermelha e todas as convidadas ficaram maravilhadas. Amava tanto esse homem!

— Pergunta cinco: que animal ele compararia com você?

Minhas sobrancelhas se movimentaram com essa pergunta.

— Que tipo de pergunta é essa? — perguntei.

— Apenas responda, Spencer. — Ryan bufou, com uma das mãos no quadril.

— Hum... um tigre branco?

— Não, ele disse um coelho, porque vocês dois fazem sexo o tempo todo, como coelhos excitados. — Ela riu.

— Oh, Senhor! — eu disse, cobrindo o rosto com as mãos.

O riso encheu a sala. Eu não podia levantar a cabeça. Não podia olhar para a minha mãe nem para a mãe de Brandon.

— Qual foi o primeiro restaurante que vocês foram juntos?

— Scoma's, em Sausalito. — Sorri, lembrando do nosso primeiro encontro.

— Certo.

— Qual é a comida favorita do Brandon?

— Churrasco de costelas.

— Está correto — Ryan falou na sua melhor voz de Chris Farley.

Eu ri dela. Ela nunca deixava de me surpreender.

— Nós texanos adoramos o nosso churrasco — Aimee explicou, balançando a cabeça na direção da minha mãe.

— Pergunta oito: qual é a bebida preferida dele?

— Alcoólica?

— Eu não especifiquei — ela respondeu.

— Hum... Blue Moon?

— Sim!

Suspirei de alívio.

— Agora vamos ficar um pouco mais pessoais...

Meus olhos dispararam e mais uma vez eu disse:

— Oh, Senhor!

— Onde foi seu primeiro beijo?

— No carro dele.

Tudo o que eu sempre quis 101

— Brandon respondeu mais do que apenas seu carro. Devo ler para todos?

— Não! — eu gritei, pulando para pegar o cartão com a anotação.

— Obviamente, ele não se importa se as pessoas souberem, Spence.

— Talvez ele não soubesse que você iria ler em voz alta.

— Nós queremos saber — gritou minha prima, Gloria, de uma das mesas do fundo.

— Ah, bem. — Ela deu de ombros e continuou. — Spencer e eu demos o nosso primeiro beijo no meu carro depois de corrermos debaixo de uma chuva torrencial em nosso primeiro encontro. *Ela* — Ryan enfatizou — me beijou primeiro e não conseguimos nos manter afastados um do outro desde esse dia.

As pessoas ficaram maravilhadas outra vez. Fiquei mortificada. Eu ia matar Ryan e depois Brandon.

— Pergunta dez: samba-canção ou cueca?

— Samba-canção.

— Correto.

— Uma coisa que ele não poderia passar um dia sem?

Eu soube na hora que erraria essa e banquei a ingênua.

— Ir ao banheiro — respondi com um sorriso.

— Spencer! — Ryan bufou de novo.

— O quê? — perguntei, fingindo inocência.

— Errado! Ele não pode passar um dia sem *você*!

— Eu sei — eu disse para mim mesma, para que ninguém mais ouvisse. Eu sabia disso. Também não podia ficar um dia sem ele. Sim, ficamos separados quando ele viajou a negócios, mas ainda estávamos juntos e nos falamos pelo telefone. Eu sabia que não podíamos ficar separados nem um dia, sem pelo menos conversarmos.

— Qual característica Brandon mais gosta em você?

Pensei por uns bons dez segundos. Como eu poderia nomear apenas uma? Ele me disse muitas vezes que amava meus lábios, meus cabelos, meu sorriso, meus olhos, meus seios, minha vagina, minha bunda, minhas pernas, meus sucos... meu coração.

— Minhas pernas. Ele adora minhas pernas quando uso vestido.

— Não. Ele disse a sua lealdade com ele e com seus amigos e familiares.

— Essa pergunta foi uma pegadinha. Pensei que você quisesse dizer fisicamente — reclamei, fazendo beicinho.

— Não tem pegadinhas. De qualquer forma, pergunta treze. Temos mais três... qual é o apelido carinhoso dele para você?

— Amor ou amorzinho. São a mesma coisa, certo?

— Na verdade, ele também disse amor ou amorzinho. — Ela sorriu.

— Quando Brandon soube que ele iria se casar com você?

— Quando eu disse "sim". — Dei uma risadinha.

— Errado! Ele disse que soube que iria se casar com você quando te viu correr na esteira da academia no primeiro dia.

— Isso é ridículo. Como ele poderia saber disso na época?

— Não sei, mas foi o que *ele* disse. Eu não invento as respostas.

Olhei para o mar de mulheres e vi a mãe de Brandon enxugando lágrimas dos olhos. Ela sabia a resposta, e eu não? Como ele poderia saber que iria se casar comigo antes de trocarmos uma palavra? E se no fim eu fosse uma louca? Ele já tinha tido uma namorada louca, mas, se ele não sabia que ela era louca na ocasião, como saberia que eu era diferente?

Tudo o que eu sempre quis 103

— Qual é a sua posição favorita na cama, segundo Brandon?

— Vou matar você — murmurei.

— Responda à pergunta, Spencer.

— Estilo cachorrinho — respondi, colocando as minhas mãos no rosto.

— Sim, e, por último, mas não menos importante, qual é a posição favorita de Brandon na cama?

— *Cowgirl* invertida — sussurrei.

— O quê? Acho que elas não te ouviram.

— É, Spencer, eu não ouvi você — disse Bel, minha colega de trabalho.

— *Cowgirl* invertida — gritei.

A maioria das garotas riu, enquanto minha mãe perguntava a Aimee:

— O que é *cowgirl* invertida?

— Não sei. — Aimee encolheu os ombros.

༺♡༻

Depois do meu chá de panela e de todas irem embora, Aimee ficou para nos ajudar a arrumar tudo. Eu ia mesmo matar a Ryan e depois o Brandon. Não podia acreditar no quanto eles me envergonharam.

Naquela noite, Brandon e Blake vieram para a cidade para jantar com a gente e com os pais deles. Depois do jantar, Aimee e Robert pediram a Blake para passar a noite com eles. Tive a sensação de que queriam falar sobre o que aconteceu em maio e, provavelmente, se certificar de que ele estava bem. Ele estava bem, além do fato de deixar meu noivo bêbado com regularidade e me fazer cuidar da ressaca dele.

Foi bom ter minha mãe aqui por uma razão diferente de estar me confortando por minha vida ter estado em perigo recentemente. O promotor me telefonou alguns dias antes do chá de panela, quando o juiz tomou a decisão. Christy tinha sido condenada à internação em um hospital psiquiátrico até que os médicos a considerassem sã, Colin foi condenado a cinco anos de prisão e Michael recebeu a pena de quinze anos. Por fim, depois de um longo período, consegui relaxar e não me preocupar em me esconder de perseguidores ou de ex-namoradas grávidas.

Minha mãe, minha irmã e eu ficamos acordadas até altas horas da noite finalizando todos os detalhes do meu casamento. Tínhamos encomendado as flores e o bolo, o local, reservado a agenda do fotógrafo e do DJ e todos os trajes de casamento estavam escolhidos. As coisas estavam andando e as confirmações via RSVP estavam chegando lentamente, mas em sua totalidade.

Eu estava começando a ficar nervosa. Em dois meses, eu finalmente seria a Sra. Brandon Montgomery.

Capítulo Dez

Encontrei Ryan para um happy hour depois do trabalho, enquanto Brandon e Blake foram para o seu jogo de pôquer semanal. Nós conversávamos quase todos os dias, mas era difícil encontrar tempo para sair com ela, já que eu morava tão longe. Ela ainda estava tentando convencer o Max a se mudarem para o nosso bairro.

Ryan sempre quis morar no subúrbio. Mesmo que ela se encaixasse na vida da cidade e gostasse de se divertir, seu maior desejo era começar uma família. Max ainda não estava preparado para ter um bebê. Ser um advogado de defesa exigia que ele trabalhasse por muitas horas. Ele prometeu a ela que, depois de estarem casados por um ano, ele reduziria suas horas para que pudessem começar a tentar.

Nós pedimos nosso usual drinque de vodca e cranberry, e a entrada para o jantar no MoMo's.

— Sinto falta disso — falei.

— Eu também.

— Vi uma casa à venda na minha rua hoje de manhã, no caminho para o trabalho.

— É mesmo? Vou falar para o Max. Nosso aniversário de casamento de um ano está logo aí.

— Na verdade, não. — Eu ri. — Você só se casou há, tipo, três meses.

— Quatro, mas parece mais.

— Nem imagino como você vai se sentir em dez anos. — Nós rimos.

— Como está o Blake?

— Por que você está perguntando?

Quase dois meses se passaram desde a nossa viagem para Tahoe. Depois de conversar com Ryan na manhã do Quatro de Julho, deixei passar o flerte dela com Blake. Eu sabia que Ryan não iria trair Max e entendi que chamar a atenção de um cara gostoso era, em uma palavra, incrível.

Eu também sabia que quando a viagem acabasse as coisas voltariam ao normal. Normal com Blake ficando bêbado algumas vezes por semana, Brandon voltando para casa do pôquer completamente bêbado e eu precisando cuidar dos dois.

Não consegui levar adiante a questão de Blake encontrar um lugar para morar. São Francisco era uma das cidades mais caras para se viver, e não tinha jeito de Blake ter dinheiro suficiente para encontrar a sua própria casa ainda.

Embora ele tivesse prometido que estaria fora de casa quando Brandon e eu nos casássemos, não via como isso poderia acontecer. De fato, eu me sentia mais segura vivendo com dois caras, mas, já que nossos inimigos agora estavam na prisão, eu podia respirar com mais facilidade.

— Você não tem mencionado o Blake nos últimos tempos, quando trocamos mensagens no trabalho — Ryan explicou, interrompendo minha linha de pensamento.

— Ele é o Blake. Você sabe, o cara que é uma má influência para o irmão mais velho. Aquele que quer foder qualquer coisa que anda.

Certo, não era bem verdade. Blake era um mulherengo sim, mas ainda tinha padrões. Teve alguns encontros desde que se mudou para cá, depois que ele e Stacey romperam outra vez. Blake tinha mostrado fotos das mulheres atuais em sua vida para Brandon e eu, e eram todas bonitas.

— Stacey ainda vem ao casamento, certo?

— Vem, até onde eu sei. Ela confirmou presença.

— Não vai ficar esquisito com Blake aqui?

— Espero que não. Ambos me disseram que vão trazer os namorados e prometeram se comportar. Faz quanto tempo? — Pensei por alguns segundos. — Quatro meses desde que eles terminaram e Blake se mudou para cá?

Estava começando a me sentir como a Ryan. Estes últimos quatro meses com Blake aqui pareciam longos. Tinha certeza de que se passaram pelo menos seis meses, mas, quando contei, tinham sido apenas quatro.

— Acha que eles vão voltar para casa bêbados esta noite?

— Brandon com certeza vai. Blake, em geral, deixa Brandon bêbado e dirige de volta para casa, e depois fica bêbado. Ele fica sóbrio até chegarem seguros em casa. É tão estranho e não sei quanto mais vou aguentar. Antes de Blake aparecer, Brandon raramente bebia.

— O que você vai fazer?

— Não sei. Não tenho certeza de que ele pararia se Blake se mudasse. Sei que Brandon adora ter o irmão por aqui. Eles se dão muito bem e, como Jason também está na cidade, eles realmente só se veem no trabalho ou talvez nos fins de semana, se não tivermos compromissos.

— Você falou com Brandon sobre isso?

— Na verdade, não. Quero dizer, tenho certeza de que ele sabe que odeio ter que cuidar dele, me certificar de que não desmaie na frente do deus da porcelana todas as noites.

— Talvez você devesse falar com ele. Brandon é um homem bom. Será que ele está só estressado com o casamento?

— Foi ele que quis casar logo.

— É verdade. Eu não sei então, mas eu falaria com ele. Diga que quer o antigo Brandon de volta.

Tudo o que eu sempre quis

— Sim, você está certa.

Depois de tomarmos duas bebidas e conversarmos mais sobre nossas vidas amorosas e a chegada do meu casamento, Ryan e eu fomos cada uma para sua casa. Ela estava radiante com a minha despedida de solteira e mal podia esperar. Eu também mal podia esperar, mas estava com medo do que ela tinha planejado.

Naquela noite, como todas as semanas, Brandon chegou em casa bêbado. Eu estava quase no meu limite.

୧ᴗ♡ᴗ୨

— Que roupa devo usar? — perguntei a Becca. Telefonei para ela em vez de Ryan. Minha amiga estava planejando uma festa de despedida de solteira secreta para mim e, claro, não me daria nem uma ideia de para onde estávamos indo.

— Use roupas para a noite — ela respondeu.

— Estamos levando uma mulher grávida de cinco meses para uma balada?

— Não exatamente.

— O que isso significa?

— Spence, não vou dar mais dicas. Apenas use roupas para a noite, ok?

— Tudo bem. — Bufei.

Ao contrário de Ryan, eu detestava surpresas. Para a despedida de solteira dela, pelo menos contamos o que estávamos fazendo. Deixamos de lado a parte do stripper, mas porque seria melhor assim. A surpresa é maior quando você recebe um policial por acaso na sua porta, ou, no caso dela, um entregador de pizza.

— Espere, Acyn não vai aparecer, vai? — perguntei. Ninguém mais sabia que ele queria ser mais do que um amigo. Todos pensavam que éramos apenas colegas de trabalho.

— Não, boba. Se isso acontecesse, suas colegas de trabalho

saberiam que ele é stripper, já que elas irão. Somos mais inteligentes do que isso.

— Tudo bem, que bom. — Suspirei aliviada.

— Vou desligar agora. Já dei muita informação. — Ela riu.

Coloquei uma saia preta simples, uma regata cor-de-rosa claro com lantejoulas e sapatos de salto pretos. Prendi meu cabelo em um rabo de cavalo alto. Se realmente estivéssemos indo para uma balada, não queria que meu cabelo ficasse todo suado no meu pescoço.

Então, esta é a última farra antes de estar casada, hein?, pensei comigo mesma quando terminei de passar um gloss brilhante nos lábios. Estava começando a ficar nervosa. Minha irmã, Audrey e eu estávamos indo para a cidade para nos encontrarmos com Ryan, Becca e o restante das minhas amigas.

Ninguém ia me contar o que íamos fazer. Implorei para a minha irmã. Implorei para Audrey, mas não adiantou; ninguém me contou. Ambas estavam vestidas com roupas para a noite, então rezei silenciosamente, esperando que fôssemos jantar e ir em uma boate. Em geral, é isso que as garotas fazem nessas ocasiões, certo?

Não me incomodava em vestir o acessório de pênis. Quando os caras sabem que é sua despedida de solteira, costumam pagar bebidas na esperança de que suas amigas fiquem com eles. E sim, algumas das minhas amigas eram solteiras. Tive a sensação de que seria uma noite que eu me lembraria por toda a vida, a menos que eu realmente estivesse acabada e apagasse.

Paramos em frente à casa de Ryan, nos certificamos de que nossos lábios estavam perfeitos e, em seguida, entramos em uma sala cheia de mulheres.

— Eba, ela está aqui! — Ryan gritou.

— Oh, Deus, estou nervosa agora — falei, olhando ao redor da sala.

As meninas que estavam na casa de Ryan já estavam vestidas

com o acessório de pênis. Todas usavam colares de pênis e anéis de diamantes chamativos na mão esquerda, que literalmente emitiam flashes coloridos. Então, fui enfeitada com uma faixa escrito "Noiva".

— Olhem, o colar do pênis assobia — Brandi disse, soprando o pênis.

— Todas vocês peguem um canudo de pênis. Vocês devem beber tudo usando esse canudinho, em todos os lugares em que nós formos — instruiu Ryan.

Ryan entregou os canudos cor de pêssego.

— A limusine chegou — Becca disse, olhando pela janela da frente.

Ryan nos conduziu para a limusine.

— Senhoras, lembrem: se encontrarem um cara gostoso, soprem o apito e nós faremos o cara comprar um drinque para Spencer.

— Pretendo soprar mais do que o apito— Bel disse, rindo com Carroll.

— Aposto que vai rolar — Audrey concordou, e todas riram.

Fomos fazendo bagunça pelo caminho até o restaurante japonês no qual Ryan fez as reservas. Ao chegarmos, sentamos em duas mesas de churrasco *hibachi*, uma em frente à outra. Cada lado tinha seu próprio chef e, depois de escolher meu prato, minha amiga Jessi começou a noite pedindo uma bomba de saquê para mim.

As garotas pediram suas bebidas e, depois do jantar completo, uma rodada de bombas de saquê foi encomendada para todas. Éramos um grupo barulhento. As pessoas nos observavam enquanto falávamos alto e aos gritos. O que eles esperavam quando nove mulheres selvagens se juntavam?

— E agora, o que acontece? — perguntei, um pouco alta. — Nós vamos dançar?

— Não. — Ryan balançou a cabeça.

— Mas pensei que a gente fosse a uma balada, em uma boate.

— O que lhe passou essa ideia?

— A Becca me falou para vestir roupas para a noite — expliquei, olhando para ela.

— Nós vamos para um clube, mas não *esse* tipo de clube — corrigiu Ryan.

— Um clube de strip-tease? Vamos para um clube de strip? Você me fez usar uma saia curta para um clube de strip? — perguntei, começando a ficar zangada.

— Não, só entre na limusine e pronto. Prometo que não vai ter strippers.

Nós nos empilhamos outra vez na limusine. As meninas estavam carregando fotos no Facebook, no Twitter e no Instagram. Estávamos nos divertindo muito, mas ainda temia o que Ryan quis dizer. Que outro clube poderia haver?

Pensei em alguns romances que eu tinha lido.

— Oh, meu Deus! — gritei, agarrando o pulso de Ryan. — Nós não vamos a um desses clubes de BDSM, não é?

— Que merda você está falando? — Sem conseguir sufocar a risada, ela e as garotas começaram a rir.

— Oh, meu Deus, nós vamos!

— Relaxe, Spence, Brandon mataria nós todas se a gente fizesse isso — Becca disse, acariciando meu joelho.

— Eu só não entendi o que você quis dizer com "clube", se não vamos dançar.

As garotas olharam para Ryan pedindo orientação. Eu sabia que elas queriam me contar.

— Nós vamos a um clube de comédia, sua idiota! — Ryan disse, levantando a voz sobre a música alta que tocava na limusine.

— Ah — murmurei.

— Obrigada por estragar a surpresa — ela resmungou.

A limusine parou na frente de um clube de comédia e o motorista abriu a porta para a gente. Ryan tirou um maço de ingressos da bolsa e entregou ao porteiro, e fomos conduzidas para dentro. Algumas poucas mesas da frente tinham sido bloqueadas e tinham cartões de reserva sobre elas. Segui Ryan e o resto das meninas até as mesas, e uma garçonete veio anotar nosso pedido de bebidas.

— Quem vai ser o comediante? — perguntei à Brandi depois que a garçonete saiu.

— The Wingman.

— The Wingman?

— É, você já leu o livro dele?

— Hum... não.

— Deveria. Tem muito sexo e é muitíssimo engraçado. Gostei de verdade!

— Bem, vamos ver primeiro se eu gosto do ato dele — falei, voltando minha atenção para o palco.

Uma comediante de nome Stacey Prussman fez um pequeno show de abertura para preparar o pessoal para The Wingman. Depois de algumas piadas, ela finalmente anunciou James.

— Vocês estão prontos para o astro? Ele é o autor de *The Wingman Chronicles*, e seu piloto de TV, *The Wingman*, ganhou o prêmio de Melhor Piloto no Hoboken International Film Festival, em junho de 2013. Levantem-se e façam um pouco de barulho para "The Wingman" James Holeva.

James correu para o palco segurando um microfone sem fio. Ele era do tipo bonitinho. Seu cabelo castanho estava espetado como se tivesse acabado de foder uma garota no camarim e ela não tivesse conseguido tirar as mãos do cabelo. Caía-lhe bem.

Ele tirou a jaqueta de couro e se virou para o público. Estava usando uma camiseta preta e jeans de grife que lhe caíam muito bem. A cor preta ficava bem em qualquer homem. Adorava quando Brandon usava camisas pretas, afinal, na primeira noite que dançamos, ele estava de camisa preta listrada que até hoje ainda me deixa com tesão.

— São Francisco, onde estão minhas garotas safadas esta noite? — gritou para a multidão.

As meninas na plateia, incluindo as minhas amigas barulhentas, aclamaram e marcaram presença, mostrando a ele que estávamos ali.

— Se você age como uma puta, será tratada como uma puta. Dito isto, mais mulheres deveriam agir como putas — ele disse, começando o show.

James continuou sua performance com piadas agressivas sobre sexo e histórias de suas aventuras, falando sobre como as mulheres pensam. Ele estava certo em vários pontos. E definitivamente sabia do que estava falando. James perturbou a plateia e então notou nossa fila de nove.

James voltou-se para mim.

— Então, algo me diz que as meninas estão tendo uma despedida de solteira.

— Por que você acha isso? — Ryan gritou de volta para ele.

Claro que era Ryan quem falaria. Ela sempre teve jeito para conversar com homens. Pensando nisso, ela foi a primeira a conversar com Michael e Colin. Eu me pergunto qual teria sido o plano deles se não tivéssemos conversado com eles em Las Vegas?

— Os pênis em volta do pescoço, os canudinhos de pênis nas bebidas e a faixa escrito "Noiva" meio que entregam tudo. Em geral, as garotas nos meus shows acabam com pênis na cabeça, mas só depois do show — ele disse para ela, com um sorriso malicioso.

A plateia e eu rimos. Ryan pode ter encontrado seu par.

Tudo o que eu sempre quis 115

— Falando nisso — ele continuou —, para onde vamos depois do show?

— Para onde você quiser — Stephanie gritou para ele.

Minha irmã estava solteira há pouco tempo. Ela e o namorado, Chris, haviam terminado e agora ela estava querendo se divertir. Ela falou por meses sobre minha despedida de solteira e como ela mal podia esperar para que ela acontecesse. Ela queria se libertar e pegar os números de telefone dos caras enquanto estávamos fora.

— Você gosta de pau grande? — ele perguntou, virando-se para Stephanie.

— Hum...

— Spencer gosta! — Audrey gritou.

A plateia riu de novo. Eu, por outro lado, lancei um olhar maligno para ela. Agora era a minha vez.

— Então, é por isso que você vai se casar? — James me perguntou.

— Não, claro que não.

— Ah! Então você está dizendo que o do seu homem é pequeno, mas você fode escondido com um cara negro?

— De jeito nenhum, ele é... — Parei. Todos estavam rindo. Eu não precisava contar a ele e ao resto do clube sobre minha vida sexual. Ou assim eu pensei.

— Você gosta de chupar pau?

Ri junto com a plateia. Esse cara não ia parar. Era isso que Ryan queria: que eu fosse importunada. Aposto que ela planejou esse ato inteiro. Ela sempre quis que eu me abrisse e ficasse despreocupada, assim como ela.

— Sim, eu gosto — respondi.

Brandi e Jessi engasgaram com suas bebidas. Bel e Carroll gritaram.

— Eu sabia! — Ryan e Becca só riram e sacudiram a cabeça. Elas já conheciam essa parte da minha vida sexual desde que jogamos, bêbadas, Verdade ou Consequência. Olhei para minha irmã; ela e Audrey também estavam rindo e aplaudindo junto com a plateia.

— Gosta? É a noite de despedida de solteira. Uma das suas últimas noites para realmente se divertir. Uma das suas últimas noites, quando um outro cara pode comer a sua vagina — ele provocou.

Senti minha calcinha umedecer ao ouvir a palavra "vagina". Pensei naquele dia de manhã e em como Brandon não fez outra coisa além disso. Ele gostava de me comer. Adorava, na verdade. Ele nunca ficava satisfeito... nem eu.

— Sabe, uma vez que estiver casada há seis meses, você terá um show do ZZ Top entre as suas pernas — continuou. — Quando o seu homem come você no seu aniversário, ele vai andar com uma queimadura de tapete nos joelhos por uma semana.

Todos, inclusive eu, estavam rindo. Vi lágrimas rolando pelo rosto da Brandi.

— Não, estou apenas mexendo com você. Você é linda e ele é um homem de sorte. Então me conte: do que você gosta, sexualmente falando? Você gosta de ser espancada?

Se eu gosto de ser espancada?

— Ela gosta! — Ryan gritou.

— Uma vez que este é seu último grito como uma mulher solteira, acho que você merece uma palmada antes de ir embora. O que vocês acham? — ele perguntou para a plateia e se virou para mim à espera da resposta.

— Acho que não — eu disse. *Espancada na frente de uma multidão? No palco?*

— Spencer, vá! — Ryan gritou para mim.

O resto das meninas concordou com ela e me senti obrigada a

ir, afinal, eu estava me divertindo. As muitas vodcas com cranberry que bebi estavam fluindo pelas minhas veias, e a autopreservação tinha ido dar uma volta.

Enquanto esperava que eu decidisse, ouvi James no palco:

— Se uma garota disser que não gosta de ser espancada, você não está batendo com força suficiente.

Que porra é essa?

— Tudo bem, eu vou — falei, tomando um gole enorme de bebida antes de ficar em pé.

— Tudo bem, suba aqui. Vou espancar você como se fosse um dos filhos de Bing Crosby.

As garotas aplaudiram. Que merda eu estava fazendo? Ser espancada por um comediante? Admito, ele era engraçado e era um colírio, mas isso não era eu. Isso era... a Ryan.

James perguntou meu nome, quando eu me casaria e o nome de todas as amigas e da minha irmã.

— Você quer espancar minha irmã em vez de mim? — perguntei, tentando sair dessa situação embaraçosa.

— Eu vou fazer isso em particular depois do show. Você é a que vai se casar, então é sua noite de sorte e vai ser a única a ser espancada no palco.

Ótimo.

A plateia e as minhas amigas enlouqueceram quando me inclinei sobre um banco alto de madeira, paralelo ao público. Eu ia matar a Ryan. Depois do meu chá de panela, essa tinha sido a gota d'água. Quase não fiz maldades na despedida de solteira dela. Na verdade, fui a única que se deu mal naquela noite, não ela.

James falou com a plateia enquanto eu me desligava deles, esperando o primeiro tapa. Então ele chegou.

Plaft.

— Mais forte — Audrey gritou.

Plaft.

— Mais forte — Ryan gritou.

— Vocês querem o cinto? — ele perguntou.

— Bata com o cinto! — Jessi gritou.

— Bata com o cinto! — Stephanie gritou.

E, finalmente, Becca se uniu a elas.

— Bata com o cinto!

— Só se você disser para a plateia: "Não vou processar James Holeva".

— Não vou processar James Holeva — balbuciei.

— Vocês ouviram — ele anunciou para a audiência. — Isso é juridicamente vinculativo.

E então ele bateu na minha bunda com seu cinto de couro preto, sem parar. Era provável que cada ricochete da chicotada pudesse ser ouvido na parte de trás do clube. Sim, eu gostei. James sabia como espancar uma bunda, e eu me perguntei se Brandon fazia isso, já que nunca tínhamos feito.

Depois de me espancar, James fechou o show falando para o público fazer perguntas para ele, e as respondeu. As garotas e eu pedimos outra rodada de bebidas. Tínhamos a noite inteira para festejar, já que os rapazes não nos esperavam até o dia seguinte. Esta era minha última noite para ser selvagem.

— Onde está Stephanie? — Jessi perguntou.

— É mesmo, onde está a minha irmã?

Ela tinha saído. Não estava com James, de jeito nenhum... certo?

Tomamos uns goles dos drinques que homens desconhecidos estavam comprando para mim, e eu as distribuía igualmente entre as garotas. Alguns comentaram que eles me espancariam se eu quisesse. Eu declinei. Minha bunda já estava dolorida.

Tudo o que eu sempre quis   119

— Onde está minha irmã? — perguntei. Estava ficando tarde. Pedimos uma saideira de bebidas e o clube estava esvaziando devagar.

— Eu vou... — Becca parou de falar.

Levantei os olhos. Minha irmã estava vindo do fundo, os cabelos fora do lugar e os lábios um pouco inchados.

— Que porra aconteceu com você? — Audrey perguntou.

Audrey era uma das nossas amigas mais antigas. Era como uma segunda irmã para a gente e podia falar com Stephanie do mesmo jeito que eu.

— Exatamente isso — Stephanie disse.

— Exatamente o quê? — perguntei.

— Eu... — James veio do fundo do clube e os olhos da minha irmã foram para ele. — Eu estava... ai — ela disse, quando James bateu na sua bunda.

Sim, nós entendemos.

ೞ♡ೞ

Dois dias antes de Brandon e eu dizermos "sim", ele me levou para jantar no Scoma's, como no nosso primeiro encontro. Comemos em uma mesa perto das janelas de vidro, com vista para a baía.

— Pelo menos o tempo está melhor desta vez — falei, tomando ruidosamente uma colher da deliciosa sopa de mariscos.

— É, mas fico feliz que tenha chovido naquela noite — ele comentou, piscando para mim.

— Eu também. — Fiquei vermelha. Depois de todo esse tempo, Brandon ainda me fazia corar como quando o vi pela primeira vez na esteira.

— Eu não conheço a etiqueta adequada, mas estou com o seu presente de casamento, e quero dar para você agora, e não esperar até a nossa noite de núpcias.

— Oh, está bem — respondi, e meus olhos se iluminaram. — Eu posso dar o seu quando chegarmos em casa, ou esperar até caminharmos até o altar, como planejei.

— Vou dar o meu agora, depois você dá o seu. Não mude seu plano. Mas estou intrigado com o que é, pois não vou conseguir ver o presente até um pouco antes de te ver a caminho do altar.

— Vou esperar. Eu quero esperar.

— Certo. Aqui — ele disse, alcançando o bolso da jaqueta que estava pendurada na parte de trás da cadeira e tirando um envelope de papel manilha.

— Um acordo pré-nupcial? — perguntei, com uma sobrancelha levantada.

— Deus, não, Spencer. Nós falamos sobre isso. Não quero assinar um acordo. Você faz parte da família do Club 24 agora e será sempre desse jeito, não importa o quê. Além disso, não quero dizer que nosso casamento acabou antes mesmo de começar.

— Eu sei. — Sorri com doçura. — Eu também não, mas não quero que você pense que sou uma alpinista social.

— Amor, sei que você não é uma alpinista social e é isso que importa. Você nunca pede nada e, como sempre digo, não me importo com o que as pessoas pensam. Só nós conhecemos o nosso relacionamento — e mais ninguém.

— Tudo bem, então me dê! — pedi, esticando a mão para o envelope.

Não podia imaginar o que era. Brandon sempre foi atencioso e me deu presentes generosos. Até hoje ainda carrego a minha Louis todos os dias e uso os brincos de diamante.

Abri a aba e tirei um pedaço de papel.

— O que é isso?

— O que está escrito?

Brandon estava dando *aquele* sorriso. O sorriso do qual

nunca me cansaria. O sorriso que me fazia querer pular em cima dele, onde quer que estivéssemos.

— Está escrito que é um acordo do comprador.

— Continue a ler. — De alguma forma, seu sorriso foi mais amplo e umedeceu minha calcinha.

Li o documento, mas não passei da segunda frase.

— Você comprou a BKJB?

— Na verdade, o Club 24, a LLC comprou a BKJB.

— Eu não... como assim?

— Você se lembra do dia em que veio para o meu escritório para "almoçar"? — perguntou, colocando aspas em almoçar com os dedos.

— Bem, dã — eu disse, ficando vermelha de novo.

— Não sei se você estava prestando atenção ao meu telefonema...

— Bom, na verdade, não — falei, interrompendo-o.

— Estou surpreso que *eu* estivesse prestando atenção — respondeu, com uma piscadela. — De qualquer forma, Paul, Jason e meu corretor não conseguiram encontrar um prédio para a expansão. Os proprietários estavam pedindo muito dinheiro. Ainda queríamos expandir, e Skye se encontrou com a gente algumas semanas depois, me contou que estava querendo vender o negócio e perguntou se nos interessava.

— É mesmo?

— Pois é. Sei o quanto você ama seu trabalho e eu ajudo o seu segmento diariamente, de todo modo, então é como se eu também trabalhasse lá.

— Por que a Skye quer vender o negócio dela? A BKJB é o bebê dela.

— Você sabia que ela também vai se casar?

— Como? Não!

— Acho que ela está esperando para fazer o anúncio, quando eu der a BKJB para você.

— Espere. Vá devagar. Você está *me* dando a BKJB?

— Estou... bem, como eu disse, ela é parte da LLC, mas, quando nos casarmos, você terá vinte e cinco por cento, de qualquer modo. Queremos colocar você como sócia.

Minha cabeça parecia que ia explodir. Brandon estava me dando tanta informação e eu ainda estava tentando elaborar que ele tinha comprado a empresa onde eu trabalhava.

— Certo, certo, vamos voltar — pedi, me recostando na cadeira e acenando com as mãos como se estivesse confusa. Bem, eu estava confusa.

— Por que o casamento de Skye faria ela querer vender BKJB?

— Imagino que seja um cara rico e ela não precise mais trabalhar. Ela disse que quer ser uma dona de casa como em uma dessas séries que você assiste.

— Oh, Senhor, eu só posso pensar em *Real Housewives of San Francisco* ou *The Bay Area*.

— De qualquer forma, ela sabe o quanto você ama a empresa e pensou que seria bom para você ser a proprietária e a chefe.

— Certo...

— Conversei com Jason e Becca e eles adoraram a ideia. Nós temos feito *brainstorming* e definimos umas coisas que queremos transmitir para você sobre a expansão e sobre envolver Becca e as suas habilidades.

— As habilidades dela em fotografia?

— Sim.

— Quais são?

— Vamos discutir isso na nossa próxima reunião de conselho.

— Tudo bem, quando é isso?

— Quando voltarmos da nossa lua de mel.

— Falando nisso, para onde vamos?

Brandon queria fazer surpresa e não ia me contar para onde estava me levando na lua de mel. Ele disse para levar pouca bagagem porque íamos ficar nus a maior parte do tempo, e levar um maiô apenas no caso de haver pessoas ao redor. Eu estava tentando tirar a informação dele há semanas, mas seus lábios permaneceram selados.

— Boa tentativa, Spence.

— Só me dê uma dica.

— Eu já disse para levar um maiô; nós vamos nadar.

— Me dê *outra* dica.

— Amor, você pode esperar três dias para descobrir. Você está me fazendo esperar dois dias pelo meu presente de casamento.

— É diferente.

— Tudo bem, a última dica que vou dar é para levar protetor solar — ele disse, dando *aquele* sorriso.

Essa não foi uma dica nova. Eu já sabia que iríamos para o sol desde que ele me disse para levar um maiô. Joguei meu guardanapo nele e ele se inclinou sobre a mesa e me deu um beijo suave.

— Você é uma gracinha quando fica com raiva — ele disse, rindo.

Capítulo Onze

Olhei para o pacote pequeno de papéis no meu colo, tentando processar o que Brandon tinha acabado de me dizer.

Skye não nos contou que vendeu a Better Keep Jogging Baby. Ela nos disse que estava se mudando. Eu supus que ela ainda era dona da empresa e apenas ia contratar alguém para ocupar seu lugar. Não pensei que aquilo era estranho até eu não conseguir tirar os olhos dos documentos que Brandon tinha acabado de me entregar.

Tudo estava fazendo sentido agora. Skye não contratou ninguém para substituí-la porque não precisava. Brandon assumiu, ou, pelo que ele estava me contando, eu assumi o controle.

— Ainda estou confusa — falei para Brandon enquanto parávamos na entrada da nossa garagem.

— Sobre o quê?

— Skye ainda está na BKJB, mas você já é o proprietário?

— Nós somos os proprietários — ele explicou com naturalidade. — Resolvemos que ela ainda cuidaria de tudo até voltarmos da lua de mel. Ninguém deve saber até você fazer uma reunião com os funcionários.

— Oh — eu disse, ainda refletindo sobre todas as informações.

— Pensei que você fosse ficar entusiasmada. Achei que era o que você queria — ele disse, abrindo a porta da garagem.

— Eu estou. Ainda estou em choque. Não posso acreditar que vou ser *a* chefe. Também me sinto esquisita sobre isso, já que não comprei a empresa com meu dinheiro.

— Não tem a ver com dinheiro, Spencer. Você quer que eu seja o chefe e você trabalha para mim? Isso faria você se sentir melhor?

— Eu... não. Agora entendi. Como vamos nos casar sem acordo pré-nupcial, sou a dona automaticamente.

— Exato.

Entramos em casa. Tirei os sapatos perto da porta e coloquei a bolsa na mesa de canto. Niner estava lá, esperando para nos cumprimentar, e Blake estava na cozinha com o seu laptop.

— E então? — Blake perguntou a Brandon.

— Contei para ela as minhas novidades, não as suas.

— Suas novidades? — duvidei. — Não tenho certeza de quantas notícias mais eu consigo lidar hoje — disse, brincando com eles.

— Bem, sente-se — continuou Blake, indicando com um gesto para que eu me sentasse à mesa da sala de jantar com ele.

— Sabe, posso demitir você agora — brinquei, dando língua para ele. — Tenho parte dos negócios do Club 24; acabaram de me contar.

— Isso é tipo o que eu quero falar com você.

Brandon se sentou ao meu lado e entregou uma cerveja para cada um. A última vez que estivemos os três nesta mesa, dessa maneira, Blake nos havia pedido para se mudar permanentemente para cá. Bom... pensei que ele já teria ido embora a essa altura. Esperava que ele estivesse fora de casa antes de nos casarmos, mas, já que isso ia acontecer em dois dias, não achei que seria essa a notícia que ele queria me contar.

— Encontrei um lugar para abrir meu bar — ele continuou.

— Oh, meu Deus, essa é uma boa notícia! Onde?

Suspirei aliviada. Estava bem nervosa sobre o que ele queria me contar. Conhecendo Blake, poderia ser qualquer coisa.

— No centro. Tipo, um... *perto* da academia.

— Isso é fantástico! Você fez uma oferta para alugar?

— Bem... — ele começou a falar e olhou para Brandon. — Eu mostrei isso para os seus sócios, e eles disseram que agora, já que você possui vinte e cinco por cento, preciso perguntar para você. Todos gostam da ideia. Só espero que você goste também.

— Tudo bem, então vá falando. Essa pode ser minha primeira decisão oficial como chefe — brinquei, sorrindo para Brandon. Finalmente estava caindo a ficha de que Brandon me deu o melhor presente.

— Quero transformar a sala aberta no andar de cima em uma casa noturna.

— A sala onde eu fiz o meu chá de panela?

— Sim, isso mesmo.

— Ah... você disse "sim"? — perguntei para o Brandon.

— Disse, e Jason e Becca também. Todos achamos que seria bacana. A casa teria uma entrada diferente, é claro. E Blake não precisa investir em outra propriedade.

— Então será nossa, e não de Blake?

— Sim e não. Blake pagará por todas as modificações para fazer a casa funcionar. Ele pagará aluguel, como precisaria fazer em qualquer outro lugar. Se e quando a casa for bem-sucedida, falaremos sobre torná-lo sócio, de modo que todos tenhamos montantes iguais.

— E se não for bem-sucedida?

— Então você não perde nada e eu perco tudo — explicou Blake. — Mas, quando ela *for* bem-sucedida e eu for sócio, pretendo fazer isso com todas as outras propriedades.

Tomei um gole da minha cerveja. Minha cabeça estava transbordando de informações. Já estava emocionada demais com o nosso casamento. Eu estava com muita coisa na cabeça. E se chover? E se as flores não forem entregues a tempo? E se o bolo desmoronar? Ainda bem que fui com Ryan de manhã cedo e peguei meu vestido, que serviu perfeitamente. Será que realmente importava se todas as coisas ruins acontecessem? Eu estava casando com o amor da minha vida. Não precisava de todos os detalhes. Só precisava dele, e acho que ele não ia ficar em dúvida sobre o nosso casamento.

— Sim, tudo o que quiserem. Confio nos instintos de vocês — falei para o Brandon, não para o Blake.

— Obrigado, irmãzinha, você não vai se arrepender. Eu sei o que as pessoas querem em um bar e em uma casa noturna — Blake comentou. Ele se levantou rápido e me envolveu em um abraço, quase derramando minha cerveja.

༺❦༻

O ensaio do casamento correu bem. O grupo sabia por onde entrar, onde ficar, e Ryan me garantiu de que teria lenço de papel no sutiã, caso eu chorasse durante a cerimônia.

Comemos um jantar farto no *La Ciccia* e agora eu tinha tomado um banho, estava revigorada, vestida com o meu pijama e saboreando vinho com o meu grupo da noiva na nossa suíte de hotel. Brandon e os rapazes estavam em sua própria suíte, e Jason tinha instruções estritas para não deixar o noivo ficar acordado até muito tarde e ter certeza de que ele seria pontual no dia seguinte.

Não tinha dúvidas. Eu sabia que Brandon não chegaria tarde, mas eu tinha que me divertir com ele.

Depois do jantar, me despedi do Brandon. Agora eu só o veria a caminho do altar, vestida de branco. Eu não estava mais nervosa. As flores tinham sido entregues, a maioria dos meus convidados fizera check-in no hotel, meu vestido ainda servia, e, durante o ensaio, o hotel estava se preparando para o grande dia. Tudo seria perfeito.

— Você está quase pronta para dormir, Noiva? — Becca me perguntou.

— Que horas são? — Ryan perguntou.

— Quase meia-noite. Jason Jr. está me deixando cansada — respondeu, esfregando a barriga proeminente.

Bocejei, pensando em ir para a cama. Becca e Jason não sabiam com certeza se iam ter um menino. Eles não queriam saber o sexo do bebê. Becca disse que tinha certeza de que seria um menino, e isso era o suficiente.

— É, provavelmente é melhor irmos para a cama logo. O champanhe está me deixando com sono, e não quero beber muito e ter uma ressaca amanhã — respondi.

As meninas insistiram para que eu ficasse no quarto com a cama king-size, enquanto elas compartilhariam o quarto com duas camas queen-size. Eu disse boa noite para Ryan, minha irmã, Audrey e Becca, subi na cama de grandes dimensões, e fiquei ali, bem acordada. Quando ouvi as garotas se dirigirem para o quarto delas, pensei se deveria ligar a TV ou ler.

Outro pensamento surgiu na minha cabeça.

Eu: *O que vocês estão fazendo?*

Jason: Jogando pôquer. Você quis mesmo mandar uma mensagem para mim?

Eu: *Sim. Você contou ao B.?*

Jason: Ainda não.

Eu: *Não conte! Eu queria saber se você poderia me fazer um favor.*

Jason: Claro. Você não está ficando com dúvida, está?

Eu: *Deus, não! Você pode descer pelo saguão e enfiar a chave do quarto por debaixo da minha porta?*

Jason: Tudo bem, mas você não sabe que dá azar vocês se verem antes do casamento? Até eu sei isso, apesar de ser homem.

Eu: *Eu sei. Nós não vamos nos ver. Prometo. Não conte ao B. e* *me mande uma mensagem quando for dormir. Tudo bem?*

Jason: Tudo bem...

Eu: Vá em frente.

Uma hora passou e Jason me mandou uma mensagem, afinal, de que a chave estava debaixo da minha porta e os rapazes estavam na cama. Eu sabia que eles tinham dado a cama king-size para Brandon, assim como as meninas me deram.

A suíte era exatamente igual à que eu estava hospedada. Fui na ponta dos pés para a porta do quarto com a cama king-size, tentando não acordar Blake, que estava dormindo em um dos sofás, e o amigo de Brandon, Ben, no outro. A porta estava fechada quando cheguei ao quarto. Abrindo lentamente, entrei e depois a fechei em silêncio. Eu não conseguia enxergar merda nenhuma, o que era bom, porque não queria atrair má sorte.

— Brandon — sussurrei ao chegar ao lado da cama. Rezei para que fosse ele.

— Spencer?

Ok, era ele.

— Shhhh.

— Aconteceu alguma coisa?

— Nada. Eu só... eu só quero você — sussurrei.

— Não vai dar azar se a gente se ver agora? — ele perguntou, sussurrando também.

— Você consegue me enxergar?

— Não.

— Ótimo — sussurrei e comecei a tirar toda a roupa.

— É um encontro pré-casamento? — Ele riu. — Devo ficar nu ou algo assim?

— Claro — respondi, jogando a última peça de roupa no chão.

Ouvi Brandon se mexendo na cama e depois uma peça de roupa caiu no chão.

— Tudo bem, estou pronto — ele disse.

Pude ouvir um sorriso na voz dele. Eu também estava sorrindo ao subir cama e sentar com as pernas abertas sobre os seus quadris, no meio da cama.

— É, eu diria que você está pronto. — Eu ri, sentindo o seu membro duro contra a parte interna da minha coxa.

— Só o pensamento de você estar nua já faz isso comigo — ele explicou, inclinando-se e beijando o meu queixo. — Onde está sua boca? Não enxergo você.

Senti seu rosto até tocar nos seus lábios macios e me inclinei para beijá-lo. Meus quadris circularam contra o seu pau, sem penetrar, mas o suficiente para trabalhar o meu centro, fazendo com que os meus fluidos lubrificassem o seu pau.

— Que foda, isso é bom — ele sibilou.

Gemi em resposta, ainda beijando sua boca. Nossas línguas dançavam juntas e meus quadris se moviam para cima e para baixo ao longo do seu pau duro. Brandon estendeu a mão entre nós dois, circulando o meu clitóris.

— Porra! — falei, interrompendo o beijo.

Com a mão livre, ele alcançou meu seio direito, amassando, e depois escorregou meu mamilo entumecido para sua boca quente. Até hoje sua boca faz maravilhas no meu corpo. Eu sabia, sem dúvida, que ele tinha sido criado para mim e só para mim, e, no dia seguinte, nós íamos fazer os votos de ficarmos juntos para sempre.

Meus quadris enterravam mais fundo contra ele, da mesma forma que o prazer que ele me estava dando se enterrou no fundo do meu corpo. Seu polegar esfregou meu clitóris mais rápido; eu estava perto. Não conseguia aguentar mais. Precisava dele na minha boca. Precisava sentir o seu gosto.

— Espere — sussurrei. Ele parou as mãos e a boca enquanto eu me virava, sentando com as pernas abertas no sentido contrário.

— Tudo bem — eu disse —, pronta de novo.

Minha vagina estava sobre o rosto dele, e seu pênis duro estava abaixo do meu queixo. Esticando minha mão direita, levantei o seu pau e abaixei minha boca até um silvo escapar dos meus lábios, assim que a sua língua escorregou entre as minhas dobras, lambendo meu desejo.

Sua língua me deu prazer. Eu o desejava. Precisava dele — de cada centímetro. Minha língua voltou para o seu membro, girando ao redor da ponta e descendo pelos lados, lambendo os meus fluidos que cobriam seu pau.

— Adoro quando você me chupa — ele gemeu.

Balancei minha cabeça para cima e para baixo sobre o seu pau. A sua língua girava em torno do meu clitóris, com dois dedos dele trabalhando as paredes da minha vagina até eu gritar de prazer, sem me importar se Blake ou Ben ouvissem.

Quando meu corpo parou de convulsionar, eu me virei como ele me instruiu e deslizei sobre o seu pau. Suas mãos guiaram minha bunda para cima e para baixo. Meu centro escorregadio deslizava sem esforço sobre o seu pau. Eu estava perto outra vez. Meu corpo estava em sincronia com o dele, e não demorou muito para me mandar de volta ao limite.

— Não tenho certeza do que eu amo mais: sua boca me engolindo ou sua boceta apertada me engolindo — ele disse.

Continuei a deslizar para cima e para baixo, me ajustando a ele, estocada por estocada. Inclinei-me novamente e exigi sua boca quando outro orgasmo tomou meu corpo. Brandon ficou tenso, jorrando o seu sêmen quente no fundo da minha vagina.

Capítulo Doze

A limusine parou em frente ao histórico Bently Reserve, no Distrito Financeiro de São Francisco. Olhei pela janela para o belo edifício que eu já tinha visto muitas vezes. As sete colunas de puro mármore branco alinhavam-se na entrada da escada. O sol estava se pondo e eu estava lutando contra as lágrimas de felicidade.

Brandon e os rapazes já estavam lá dentro, assim como os nossos convidados, esperando minha chegada. Sempre imaginei este dia. Tinha ouvido falar que as pessoas ficavam nervosas, mas eu não estava. Hoje era o dia em que estava casando com o meu melhor amigo... aquele com quem iria envelhecer, rir, sonhar, viver e amar.

Ainda olhando pela janela escura do lado passageiro da limusine, esperei que o motorista abrisse a porta, enquanto observava meu pai descer os degraus.

— Ah, Ry, preciso que você dê isso ao Brandon — disse quando as meninas começaram a sair do carro.

— Claro. Você vai me contar o que é?

Entreguei para Ryan o pequeno saco de presente prateado.

— É um Rolex gravado com os nossos nomes e a data de hoje.

O Rolex que comprei para Brandon era prateado com uma das faces preta. Eu gostei, não porque era à prova d'água, mas porque era muito elegante e combinaria com tudo que ele usasse.

— Ah, é lindo! Ele vai adorar!

— Espero que sim. — Sorri.

Depois que Ryan saiu da limusine, meu pai colocou a cabeça dentro do carro.

— Pronta, princesa?

Eu estava. Eu realmente estava.

— Estou — respondi, pegando a mão dele na minha.

— Você está linda, minha menina.

— Obrigada, papai. — Sorri e beijei sua bochecha, tentando não borrar meu batom.

O fotógrafo que contratamos foi tirando fotos da nossa troca e das garotas subindo os degraus. A brisa fresca de outubro passou pelos meus ombros nus e os cachos longos do meu cabelo, que estava frouxamente puxado em um penteado baixo, tocando minha pele e fazendo cócegas. Eu tinha alguns cachos mais curtos emoldurando o meu rosto e o velho lenço da minha avó preso no meu bustiê sem alças.

Minha amiga Lori me emprestou um colar da Torre Eiffel que envolvi em torno dos caules das rosas alaranjadas do meu buquê. O elemento azul era os meus sapatos. Eu queria ficar confortável e dançar a noite inteira. Depois do casamento de Ryan, eu sabia que ficaria bastante tempo em pé. Escolhi sandálias de pele de cobra azul-petróleo Vince Camuto, enfeitadas com uma rosa e strass, muito confortáveis.

Meu pai se inclinou, beijou meu rosto e sussurrou:

— Vamos casar você.

Um sorriso se espalhou pelo meu rosto. Significava o mundo para mim que toda a minha família amasse o Brandon, e hoje ele se uniria oficialmente à minha família e vice-versa.

Subimos os degraus e entramos no grande foyer. Os padrinhos de Brandon nos cumprimentaram e depois se alinharam com seu par para caminhar em direção ao altar. Era isso. A música *Marry Me*, da banda Train, iniciou e nossos amigos começaram a andar.

Quando escutei as palavras da canção, pensei nos dias em que Brandon não falou comigo na academia. O Train cantou sobre ter a coragem de dizer olá em um café, e foi quase um reflexo exato da minha vida. Brandon precisava de coragem para dizer olá na academia, mas não teve, até Las Vegas. Pelo menos ele falou na mesa de pôquer, enfim, ou então não estaríamos onde estamos hoje.

Então, no chá de panela, descobri que ele contou a Ryan que sabia que iria se casar comigo no primeiro dia em que me viu. A banda Train cantou sobre isso também. Depois de encontrar a coragem para dizer olá, ele me pediu para dizer que eu me casaria com ele. A música era perfeita.

Quando, afinal, passei da entrada para o salão imenso, fiquei perplexa com a beleza. O teto alto abobadado, as sancas intrincadas, de puro branco. O contexto perfeito para o dia mais importante da minha vida.

Nossos convidados se sentaram em cadeiras Chiavari prateadas, com arcos azul-petróleo em volta do espaldar e um pingente de diamante no centro. As luzes coloridas azul-petróleo iluminavam a partir do chão ao longo das paredes brancas, e um imenso lustre de ferro pendia acima do início do corredor, coberto por uma passadeira branca, onde comecei a caminhar em direção ao Brandon.

Eu o vi observando nossos amigos caminharem em direção a ele, e então, quando ele me viu e nossos olhos se encontraram, ele abriu o sorriso que derretia meu coração. Ele estava de smoking preto tradicional com uma camisa branca, gravata prateada, e um lenço azul-petróleo dobrado no bolso do peito. Os padrinhos estavam vestidos de modo semelhante, mas tinham uma gravata azul-petróleo que combinava com os vestidos das damas de honra, e um lenço prateado que combinava com o cinto dos vestidos das damas de honra.

Nosso olhar ficou travado um no outro enquanto eu caminhava pelo tapete até o centro da sala. Nossos convidados sentaram-se à direita e à esquerda, bem como na parte de trás da sala, diante do local onde o pastor e Brandon aguardavam, no centro da sala, em uma plataforma levantada a cerca de meio metro do chão.

Todos os olhos estavam em mim e no meu pai quando nos aproximamos de Brandon — aproximando-me do meu futuro. Quando a música terminou, subi na plataforma e Brandon me pegou pelo braço que estava com o meu pai, depois de apertar a mão dele.

Meu pai me beijou no rosto e disse a Brandon para cuidar de mim. Eu sabia que ele cuidaria. Não tinha dúvidas.

— Você está de tirar o fôlego, amor — ele disse, sussurrando no meu ouvido.

Sorri para ele quando o pastor começou:

— Caros...

Eu me desliguei dele e de todos os outros, enquanto olhava fixamente para os olhos cor de café de Brandon, esperando a minha vez de falar. Ficamos de mãos dadas, de frente um para o outro, e tudo ao nosso redor desapareceu. Éramos os únicos na sala, os únicos que importavam. Hoje era o nosso dia, e eu me lembraria dele para sempre.

༺♥༻

Depois de tirar várias fotos com a nossa família e com o grupo da noiva, Brandon e eu esperamos nas portas duplas para entrarmos de novo no grande foyer como Sr. e a Sra. Brandon Montgomery. Estávamos na nossa pequena bolha, dando beijos doces um no outro, e Brandon me mantinha bem perto dele.

Depois de nos dar tempo para aproveitarmos a nossa glória, o coordenador do casamento abriu as portas e voltamos para a sala que já tínhamos conhecido. Agora, ela estava inundada por um mar de velas ao longo das escadarias duplas e sobre as mesas.

Enquanto estávamos tirando fotos, o local foi transformado em nosso salão de recepção. O brilho suave da luz projetada nas paredes e no teto dava ao salão enorme uma sensação de intimidade que eu não achava ser possível.

A plataforma do centro do salão, onde Brandon e eu trocamos votos, tinha sido substituída por uma pista de dança. Havia mesas circulares em cada lado da pista, cobertas com toalhas de linho branco. As cadeiras nas quais os convidados tinham se sentado durante a cerimônia tinham sido colocadas ao redor das mesas e nossos convidados agora estavam em frente a elas, batendo palmas quando entramos.

As superfícies das mesas tinham sido decoradas com vasos altos com rosas brancas no centro, velas queimando dentro de recipientes de vidro claro em torno deles e guardanapos de linho azul-petróleo. Um monograma de um M brilhava na pista de dança quando caminhamos para lá, para dançarmos a nossa primeira música como marido e mulher: *Crazy Love*, de Michael Bublé.

Giramos lentamente em círculos, minha cabeça apoiada no peito de Brandon, perto do ombro direito, quando Michael cantou sobre como se livrar de problemas, dos pesares e angústias. Ele cantou sobre a mulher fazendo isso pelo homem, mas, entre mim e Brandon era em ambos os sentidos.

Brandon entrou na minha vida e levou embora as minhas mágoas, e eu o ajudei a livrar-se de seus problemas do passado. Juntos, íamos confortar um ao outro em momentos de tristeza, porque para isso eram os casamentos.

Depois da nossa dança, nos juntamos à festa na mesa principal e esperamos começar o jantar. Tudo estava indo bem até que todos começaram a dançar após os discursos.

Stacey e o namorado, Eddie, estavam na pista de dança comigo, Ryan e grande parte dos nossos convidados. Brandon, Jason e Blake estavam no bar bebendo até que começou *Blurred Lines*, de Robin Thicke. Não tenho nem mesmo certeza do que aconteceu depois.

Em um minuto, estávamos dançando, e, no outro, Blake estava puxando Stacey pelo braço e ela gritando com ele para soltá-la. O pobre Eddie também não sabia o que fazer. Ele só ficou ali, parado. Olhei para ele, que olhou para mim, e, em seguida, ele e Brandon foram atrás de Blake e Stacey.

— O que foi aquilo? — Ryan me perguntou.

— Não tenho ideia. — Encolhi os ombros.

— Eles não disseram que iam se comportar? — Ryan perguntou, levantando a voz para que eu pudesse ouvi-la.

— Não sei se Blake sabe fazer isso.

Eu conseguia ouvir Brandon gritando acima da altura da música lá no saguão. Corri para o desastre da cerimônia do casamento que não previ. Eu deveria ter sabido, mas pensei que fôssemos todos adultos.

— Blake, abra a porta — Brandon gritava, batendo na porta do banheiro feminino.

— Amor, deixe os dois — falei, agarrando seu braço para afastá-lo.

O banheiro ficava na curva do salão e, felizmente, nem todos sabiam o que estava acontecendo. Nem eu sabia exatamente o que estava acontecendo. Brandon desistiu e saiu depressa. Esta não foi a forma como sonhei que esta noite seria.

✤

Nossas famílias e amigos se alinharam de cada lado, segurando os sparklers, enquanto descíamos pelos degraus do The Bently Reserve. Me senti uma princesa. Eu era uma princesa; meu pai disse isso para mim naquele mesmo dia.

Blake e Stacey não saíram do banheiro por um bom tempo. Quando finalmente saíram, Brandon e eu estávamos na nossa última dança, balançando de um lado para o outro com *At Last*, de Etta James. Eu estava no paraíso. Mal percebi o vestido desarrumado de Stacey e Blake arrumando as calças.

Apesar do pequeno incidente com Blake e Stacey, a noite tinha sido perfeita. Eu era a Sra. Brandon Montgomery, finalmente, e isso era tudo o que importava.

— Você vai me dizer agora para onde vamos amanhã? — perguntei, ainda sem saber onde seria a nossa lua de mel.

Estávamos na limusine a caminho do hotel para passarmos a noite. Ele só me disse para levar roupas de verão e protetor solar. Era outono. Onde você poderia ir no outono e ainda encontrar um clima bom? Não tinha ideia de quanto tempo ficaríamos fora. Como Skye ainda estava na BKJB, ela e Brandon organizaram a duração das minhas férias. Na verdade, eu nunca gostei de segredos.

— Ainda não. Você vai descobrir no aeroporto amanhã. — Ele estourou a rolha de uma garrafa de champanhe na limusine.

— Você sabe que isso está me matando, certo?

— Prometo que a surpresa valerá a pena — respondeu, me entregando uma taça de champanhe.

— É melhor que seja — murmurei, tomando um gole.

Chegamos ao Fairmont, e Brandon me levou para o nosso quarto, já preparado para nossa chegada. Assim como a noite em que ele pediu a minha mão, havia uma garrafa de champanhe e um prato de morangos cobertos de chocolate esperando por nós — meus favoritos.

— Você está tão bonita!

— Você disse isso um milhão de vezes esta noite — falei, dando uma mordida no morango, tentando não derrubar chocolate no meu vestido branco.

— Eu não tinha ideia do quanto você ia ficar bonita no seu vestido. Pensei mesmo que meu coração tinha parado.

— Você é tão mentiroso!

— Você não acha que está bonita?

— Não, estou falando sobre seu coração parar.

— Bem, pensei que seria mais romântico do que dizer que eu

estava duro como pedra quando você caminhou para o altar.

— Fiquei molhada quando te vi. Adoro quando você usa ternos e coisas assim. Você se lembra da véspera de Ano Novo e do casamento da Ryan?

— Eu? — Ele riu. — Que foda, estou ficando duro de novo.

— Esse é o ponto. É a nossa noite de núpcias. — Sorri com malícia.

— Eu sei. Estou esperando há horas.

Ele se aproximou de onde me sentei na beira da cama, estendendo a mão para me ajudar a levantar. Quando me ergui, ele me virou, minhas costas voltadas para o peito dele, e começou a abrir devagar o zíper da parte de trás do vestido, cobrindo a pele exposta com beijos suaves da sua boca macia, ao mesmo tempo em que o vestido deslizava para baixo pelo meu corpo.

Minha pele formigou todo o caminho até a minha boceta. Estava bom. Sua língua refez o caminho que ele tinha beijado, até que permaneceu na minha orelha direita, mordiscando o suficiente para me fazer gemer de vontade.

Meu vestido se acumulou em torno dos meus tornozelos, me deixando de sutiã branco sem alças, sandálias azul-petróleo e minha calcinha especial.

— Gosto da sua lingerie.

— Imaginei que fosse gostar. — Fiquei vermelha.

Não tinha certeza do porquê estar corando. Já tinha ficado nua com Brandon várias vezes antes, mas ele tinha esse efeito em mim.

— Caiu muito bem.

— Eu sei. Eu tenho mais.

— Mesmo?

— Bom, pretendo ser a Sra. Montgomery para sempre, então

eu tive que mandar fazer outras para quando estas ficarem muito usadas.

— Bem... nós não queremos danificar sua lingerie agora — ele disse, enfiando os dedos em cada lado dos meus quadris e deslizando pelas minhas pernas a calcinha que dizia "Sra. Montgomery" na bunda.

Suas mãos escorregaram pela minha perna direita. A antecipação estava me deixando louca, enquanto suas mãos se aproximavam do meu monte macio, que doía com o desejo de ser tocado.

— Saia do vestido, amor.

Pendurei o meu vestido no espaldar da cadeira preta da escrivaninha, tirei os sapatos e o sutiã e esperei que Brandon me dissesse o que queria em seguida.

— Deixe que eu tiro — ofereci, aproximando-me para desfazer o nó da sua gravata.

Depois de tirar as roupas dele, envolvi seu pescoço com os braços e beijei a boca que foi feita para a minha. Sua língua girou na minha boca, com gosto de chocolate, morangos e champanhe.

Nossas bocas ficaram coladas enquanto ele me empurrava para a cama e depois me abaixava até seu corpo ficar sobre o meu. Abri as pernas, enrolando-as em torno de sua cintura para aproximá-lo de mim... mais perto do lugar que eu precisava que ele preenchesse.

Ele soltou seu corpo para baixo, em cima de mim, seu membro duro pressionando entre minhas dobras escorregadias. Minhas mãos deslizaram por suas costas esculpidas, sentindo cada músculo de que era feito este homem. Sua boca percorreu o caminho até o meu pescoço, parando no mamilo entumecido, que ele sugava dentro da boca. Um gemido escapou da minha boca quando a fricção aumentou entre minhas pernas, com a necessidade de ser preenchida.

Eu estava pingando. Ele estava duro, e eu precisava dele. Agora.

— Estou pronta — ofeguei.

Ele recuou o suficiente para guiar o seu pau grosso na minha boceta, e não parou até me preencher completamente.

— Você está tão molhada, Sra. Montgomery.

Ele deslizou para dentro e para fora, aumentando o ritmo enquanto eu o guiava para dentro de mim, usando as pernas enlaçadas em volta da sua cintura. Minhas costas escorregaram um pouco sobre o edredom branco macio que cobria a cama.

Estávamos nos encontrando nas estocadas um do outro, várias e várias vezes, minha boceta espremendo o seu pau duro ao mesmo tempo em que ele me comia com força. Levantei a mão, tocando o rosto de Brandon, e trouxe sua boca até a minha.

Tomando fôlego, ele abriu aquele sorriso característico pelo qual eu tinha me apaixonado tão profundamente. Brandon olhou para baixo, para mim, e meu corpo gemeu de prazer; ele é o único homem que me faz sentir dessa maneira. Seus movimentos dentro de mim não vinham da força, mas eram conduzidos por amor puro e autêntico.

Meus olhos fecharam e minhas pernas começaram a ficar tensas em torno dos quadris de Brandon. Eu estava perto e ele sabia. Sua voz estava baixa.

— Vou gozar.

— Eu também — ofeguei.

Ele se inclinou e prendeu meus lábios outra vez, garantindo um beijo antes que um grunhido viesse do seu peito. Ele estava bem ali, comigo.

Quando nos acalmamos de nossos orgasmos, nos acomodamos para um longo banho de banheira antes de nos divertirmos mais algumas vezes e flutuarmos no sono, como marido e mulher.

Pouco depois de irmos para a cama, acordamos para ir para o aeroporto pegar o nosso voo. Brandon ainda não tinha me contado para onde estávamos indo. Eu estava cansada, mas o entusiasmo que corria nas minhas veias me deixava bem acordada.

— E agora? — perguntei, querendo saber o nosso destino.

Estávamos em um táxi amarelo a caminho do aeroporto e o mistério estava me matando.

— Não.

— Eu não gosto mais de você. — Fiz beicinho, cruzando os braços sobre o peito.

— Eu sei. Você me ama — ele provocou.

— Amaria mais ainda se você me dissesse para onde estamos indo.

— Duvido. Você é capaz de esperar mais alguns minutos.

— Tudo bem — bufei, ainda amuada, olhando pela janela os carros passando por nós na estrada.

Chegamos ao terminal da United Airlines para a partida às sete da manhã. Eu sabia a que horas o nosso voo partia, mas não sabia o destino.

Brandon e eu levamos nossas bagagens para o check-in e Brandon entregou nossos passaportes para o funcionário.

— Passaportes? — perguntei.

— Sim — ele disse, sorrindo com um ar travesso.

— Sr. Montgomery, eu tenho o senhor e a Srta. Marshall no voo das sete horas para Fiji com uma escala em Los Angeles. Está correto?

— Sim — Brandon disse, olhando para mim.

— Fiji? Vamos para Fiji?

— Vamos.

— Oh, meu Deus! Eu sempre quis ir para Fiji!

Não conseguia conter a minha excitação. As pessoas atrás de nós estavam nos encarando. Elas sabiam que era nossa lua de mel, afinal, eu estava vestindo um casaco branco com fecho de correr e capuz escrito "Recém-casada".

— Vamos ficar hospedados nessas cabanas na água? — continuei.

— Não.

— Não?

O funcionário nos entregou os cartões de embarque e pegou nossa bagagem. Começamos a caminhar em direção ao controle de segurança.

— E então? — perguntei.

— É melhor ainda.

— Oh, meu Deus, você não vai me fazer esperar por isso, vai?

— Vou. — Ele sorriu.

— Não me dê esse sorriso!

— Amor, prometo que você vai adorar. Quero ver a expressão do seu rosto quando chegarmos lá.

— Certo. — Sorri de volta para ele. Eu podia esperar. Podia dizer que significava muito para ele para me fazer feliz, e ele fez.

Depois do nosso longo voo depois de Los Angeles, que levou quase um dia inteiro no ar, chegamos a Fiji um pouco depois das seis da tarde no horário local.

— Nós temos que pegar mais um avião — Brandon disse.

— O quê? Estamos aqui... em Fiji.

— Eu sei, mas, para onde vamos, você precisa pegar um avião.

— Mesmo? Que legal!

— Na verdade, fique aqui. Preciso fazer nosso check-in, mas ainda quero que seja surpresa.

Brandon se dirigiu a um pequeno stand, onde falou com alguém, e depois fomos acompanhados até um pequeno avião particular na pista. Havia algumas pessoas a bordo, e, depois de esperarmos que outro casal chegasse, o avião decolou para uma viagem curta.

Chegamos a uma ilha pequena e fomos conduzidos para um barco que nos levaria a uma plataforma localizada no meio do mar, não muito longe da costa da ilha.

Olhei para Brandon, tentando encontrar respostas, mas ele ainda não me contava o que estava acontecendo, apenas sorriu para mim com um sorriso petulante. O sorriso que eu adorava odiar. Os casais que estavam com a gente conversavam calmamente entre eles e aproveitavam o caloroso clima tropical que aquecia a nossa pele.

Saímos do barco e fomos conduzidos para um elevador.

— Um elevador? — perguntei.

— Para chegar ao nosso quarto — Brandon disse.

— No meio do oceano?

— É.

— O quê?

— Você vai ver — ele disse e me beijou.

Uma integrante da equipe do resort nos acompanhou no elevador que começou a descer na água azul cristalina.

— Bem-vindos, eu sou Kerri, vou ser a acompanhante de vocês e também vou lhes mostrar o quarto — ela disse.

— A que profundidade fica o quarto? — perguntei.

— Doze metros abaixo da superfície — Kerri disse.

— Uau, isso é impressionante.

Brandon pegou minha mão e me conduziu para fora do elevador, seguindo Kerri por um corredor que se parecia com qualquer hotel comum, com um carpete estampado de conchas. Paramos em frente a uma porta cinza, com uma pequena janela circular.

— Não é uma janela real — Kerri disse, apontando para a porta. — É só decoração.

— Que bom — Brandon disse.

Foi um alívio; pensei que as pessoas pudessem ver nosso quarto quando vi a janela pela primeira vez.

Kerri abriu a porta para nós e Brandon me seguiu.

— Puta merda — falei.

Entramos em um quarto com a entrada coberta de painéis de madeira ao longo das paredes que se curvavam no teto. Uma cama king-size ficava além dos painéis de madeira, sob um telhado de vidro que envolvia as janelas.

— Setenta por cento da sala é composta de acrílico e permitirá que vocês vejam peixes, recifes de corais e até tubarões — Kerri falou, apontando para a água.

— Tubarões? — perguntei.

— Eles não podem pegar você, amor.

— Eu sei. Ainda assim é meio assustador. — Ri.

— Vocês ficarão aqui por duas noites, e depois disso, na ilha, nos bangalôs do hotel sobre a água. Nós temos um restaurante subaquático aqui e um submarino à sua disposição, se precisarem ou quiserem; uma biblioteca e um spa, mas você tem essa banheira grande aqui no quarto. — Kerri apontou para a banheira elevada no lado esquerdo do quarto.

— É tão bonito! — comentei, olhando ao redor do quarto.

Todos os tipos de peixes tropicais nadavam acima das nossas cabeças. Havia uma pequena sala de estar além da cama na parte de trás do quarto. Kerri saiu depois de nos dizer que, se precisássemos de alguma coisa, era só pedir para ela. Não consegui pensar em nada.

Brandon se sentou na cadeira ao meu lado na sala de estar e contemplamos o aquário imenso. Na realidade, nós éramos o aquário naquele cenário. Os peixes estavam no Sul do Oceano Pacífico enquanto nós estávamos no grande tanque de vidro de oxigênio.

— Isso é maravilhoso! — falei.

— Viu por que eu queria que fosse surpresa? — Brandon perguntou.

— Sim. — Meus olhos estavam colados no show ao vivo à minha frente, assistindo aos peixes tropicais.

— Oh, uau, o que é isso?

— Onde? — perguntei.

Ele apontou para o lado direito.

— Isso é...

— Um tubarão?

— Não. — Ele riu. — É uma arraia.

༄༅༅༅

Quando anoiteceu, fomos para o restaurante e não conseguíamos mais ver os peixes à distância. Curtimos um bom banho quente de banheira antes de dormir, e, na manhã seguinte, andamos de submarino com outro casal, e conheci mais o Pacífico Sul.

Um bando de golfinhos nadou ao lado do nosso quarto quando voltamos do nosso passeio de submarino. Foi de tirar o fôlego. Em pouco tempo, nossa aventura subaquática acabou e passamos o resto da semana em um quarto de hotel estilo cabana em uma doca que se estendia na água azul-clara na direção do oceano.

Nós gostamos das caminhadas para as cachoeiras, da tirolesa e de jantar na praia todas as noites; era o paraíso. Durante o dia, relaxamos na água rasa perto do nosso quarto, fizemos amor muitas vezes ao longo do dia e desfrutamos de uma semana descontraída. Não precisávamos nos preocupar com nada. Sem trabalho, sem dramas familiares e nenhum estresse de planejamento do casamento.

Capítulo Treze

Brandon e eu tínhamos voltado de Fiji há quase três meses. Três meses de felicidade no casamento. Literalmente. Pouco depois de retornarmos do nosso paraíso subaquático, Blake se mudou para um apartamento na cidade. A casa estava quieta a princípio, mas então ficou perfeita.

Na segunda-feira que voltei ao trabalho, convoquei uma reunião de funcionários. Brandon veio comigo e informamos a todos que *nós* éramos os novos proprietários da BKJB. As pessoas ficaram chocadas — um pouco mais chocadas do que eu quando Brandon me contou as novidades.

Depois de ter assegurado a todos que tudo permaneceria igual, além de precisar encontrar um substituto para a minha função, pedi para Acyn e para outra funcionária, Donna, ficarem para conversarmos em particular.

— Acyn, queria que você soubesse que ainda irei à exposição em março com você.

Ele olhou para Brandon e depois de volta para mim.

— Certo, ótimo.

— Também quero que você, Donna, venha com a gente.

— Mesmo?

— Quero sim, acho que seria melhor irmos em três pessoas.

Percebi um olhar de decepção no rosto de Acyn. Eu estava levando Donna conosco por dois motivos. Um deles era tirar Acyn de cima de mim — literalmente — e o outro era que Donna seria uma boa alternativa para a minha função antiga.

— Mal posso esperar — ela disse.

— Que bom. Vamos nos reunir na próxima semana para nos prepararmos para a exposição. Vou pedir para o meu novo assistente, quando eu contratar a pessoa, marcar.

Acyn e Donna começaram a levantar.

— Na verdade, Donna, você se importaria de ficar? Brandon e eu precisamos falar contigo.

Ela ficou, enquanto Acyn saiu. Eu poderia dizer que ele estava um pouco chateado. Agora que eu era a chefe, talvez precisasse deixar que ele saísse da empresa. Gosto de Acyn. Ele salvou minha vida, mas não consigo evitar de me sentir desconfortável perto dele. Em um minuto, ele estava bem com o fato de sermos amigos, e eu pensava que finalmente ele estava desistindo, e depois, no minuto seguinte, ele flertava comigo.

Ofereci o cargo para Donna. Ela aceitou com prazer. Isso tudo era muito novo para mim, mas eu me senti confiante... me senti como uma chefe.

⁂

Dobrei o pequeno macacão de recém-nascido que comprei para o chá de bebê de Becca. Eu estava devaneando sobre quando chegaria o meu dia. Depois de casar, pensei sobre começar nossa família. Brandon e eu falamos brevemente sobre isso, mas não no sentido de começar uma. Nós conversamos sobre como *poderíamos* fazer isso, porque agora éramos casados.

É claro que as pessoas têm filhos fora do casamento, mas agora todos estavam esperando que anunciássemos a gravidez. Eu simplesmente não sabia quando seria. Nosso relacionamento tinha sido tudo, menos lento, mas estaríamos preparados para aumentar a nossa família?

Não muito tempo atrás, tive uma conversa com Becca sobre o filho de Brandon e o deles crescendo juntos. Esse era o lado bom de quando achamos que Christy estava grávida. Agora, o chá de bebê de Becca ia acontecer e o bebê pronto para nascer.

Depois que empacotei todos os presentes em uma bolsa de presente *azul* fofa, com estampa de estrelas amarelas e ursinhos de pelúcia, Brandon e eu fomos para a festa na cidade. Nós comemos, participamos de alguns jogos e tivemos uma tarde muito agradável.

Blake apareceu com Stacey. Depois de quase fazer uma cena no meu casamento, eles tinham voltado. Blake depois se desculpou por suas ações e explicou que, quando ouviu a música que estava tocando e viu Stacey dançando com Eddie, ele explodiu.

Acho que *Blurred Lines* era uma música especial para eles, como *Down on Me* era para mim e Brandon. Se eu visse Brandon dançando *Down on Me* com alguém, é provável que eu reagisse do mesmo jeito que Blake.

Não foi culpa de Stacey que a música tocasse quando estávamos dançando, e teria sido grosseria da parte dela se tivesse parado de dançar com o seu namorado. No entanto, Blake fez isso por ela.

Stacey me disse que, quando Blake os trancou no banheiro, eles se reconciliaram. De novo. Por sorte, Eddie não era exatamente seu namorado, mas apenas um amigo. Eu sabia que, no fundo, Blake a amava, e às vezes você só precisa da realidade para colocar tudo em perspectiva.

Eu podia dizer pelo jeito que ele agia na frente dela e como falava inesperadamente sobre ela que ele ainda a amava. Só desejava que os dois parassem de se separar e ficassem juntos. É difícil ver os amigos sofrendo depois de um rompimento.

Agora, Blake e Stacey estavam enfrentando os três mil e duzentos quilômetros que os separavam, porque Blake teve um ataque de pânico e decidiu começar uma nova carreira em São Francisco. Stacey não estava pronta para se mudar para o outro lado do país.

— Eu quero um bebê — falei para Brandon, ao passarmos pela Ponte Golden Gate, em direção à nossa casa.

Os olhos de Brandon se arregalaram e um olhar de pânico cruzou o seu rosto.

— Você está pronta para um bebê?

— Acho que sim. Achei que estava pronta. Eu tinha vinte e nove anos e estava com o amor da minha vida. O próximo passo era ter bebês.

— Você não acha que deveria ser algo que você sabe ao invés de só achar?

— Sim. Você quer um bebê?

— Agora?

— Bem, em nove meses, na verdade. — Dei um risinho.

Brandon me olhou por alguns segundos e depois virou para a estrada.

— Que tal esperamos até o mês que vem, quando Becca tiver o bebê? Ter uma ideia de como é, sabe?

— Acho que sim — concordei, cruzando os braços sobre o peito. — É só que todas essas coisas de bebê são tão fofas.

— Você sabe que eles não ficam pequenos para sempre, certo? — Ele riu.

— Eu sei — disse e mostrei a língua para ele. — Só estou com *vontade* agora.

— Bom, podemos ir treinando como fazer para matar essa vontade. — Ele piscou.

❦

Não demorou mais do que um passo para dentro da porta para Brandon me virar e me empurrar contra a porta da garagem. Meus mamilos entumeceram sob a regata de seda roxa, ao mesmo tempo em que ele enfiava a língua com um leve sabor de cerveja na minha boca.

Ele segurou o meu rosto com as duas mãos e nossas línguas dançaram juntas. O calor do meu corpo aumentou ao sentir sua ereção dura pressionando o meu centro, me dizendo que ele mal podia esperar para me devorar.

— Sabe, ouvi falar que as mulheres ficam com mais tesão quando estão grávidas — provoquei, passando os lábios pela frente do seu pescoço, indo em direção ao peito.

— Com mais tesão do que você já tem?

— Sim. — Sorri, encostando no seu peito nu.

— Este é o seu jeito de me convencer a fazer um bebê?

— Talvez.

Sua camisa azul-marinho caiu no chão e fiz um trabalho rápido com o cinto. Brandon me pegou antes que eu puxasse o cinto das suas calças e me levou para o sofá, com as pernas enroladas em volta da sua cintura.

Ele me colocou em pé na frente do sofá de couro e eu o ajudei a desabotoar meus jeans o mais depressa possível. Ele me deitou sobre as almofadas de couro macio, passando as mãos pelas minhas pernas lisas.

— Abra mais as pernas, amor.

Abri uma perna de cada lado do corpo dele. Ele agarrou meus quadris e me puxou até que a minha boceta estivesse na borda do sofá, e depois se ajoelhou.

Brandon passou a mão entre as minhas coxas, roçando o polegar nas minhas dobras. Minha cabeça caiu de volta no sofá, meus olhos fecharam, arqueei as costas e sibilei com o toque repentino nos meus lábios sensíveis.

— Como você está sempre tão molhada? — perguntou, acariciando minha fenda com o polegar para cima.

— Não sei — gemi.

— Cacete, você é tão bonita e toda minha. *Minha esposa.*

— Humm.

Esperei, a antecipação aumentando para a hora em que a sua língua lamberia os meus fluidos que estavam deslizando do fundo da minha vagina, provavelmente para o sofá. E então veio. Sua língua quente e úmida lambeu minhas dobras devagar, enviando uma onda de prazer através de mim. A umidade da língua era tão boa!

Brandon agarrou os dois lados dos meus quadris, impedindo que eu me contorcesse, enquanto sua língua continuava me dando o prazer que eu estava procurando. Ele sugou meu clitóris em sua boca, fazendo um som de estalo, forçando minhas costas arquearem novamente no sofá.

Minhas mãos alcançaram as minhas costas, e desabotoei o sutiã debaixo da regata, precisando me tocar. Uma vez que foram libertados, passei as mãos pelos meus seios enquanto Brandon continuava a lamber, chupar e soprar.

Soltando um dos meus seios, com a mão pressionei a cabeça dele no meu monte, precisando de mais pressão para aumentar a sensação de gozar rápido. Mesmo que eu amasse a sensação da língua dele na minha boceta, precisava que o primeiro orgasmo viesse rápido. Ele fazia isso comigo.

— Puta merda — sibilei de novo, com o prazer.

Meu corpo estava escorregadio com o suor, e o ar-condicionado soprava um leve ar frio na minha pele. Eu estava à beira de explodir... explodir em volta da sua língua. Com uma escorregada do seu dedo para dentro de mim, fiz exatamente isso. Gozei na sua língua e no seu dedo, meu corpo se apertando enquanto o orgasmo ondulava por mim.

— Minha vez — ele gemeu, depois que voltei a mim do meu orgasmo.

Ambos tiramos os sapatos e as calças dele depressa, jogando-os no chão perto das minhas roupas. Ele se sentou no mesmo lugar em que eu estava e me acomodei de pernas abertas sobre o seu quadril, pairando sobre ele enquanto eu guiava seu pau duro na minha vagina ainda molhada.

Nossas bocas colaram outra vez e eu senti meu gosto em seus lábios — o sabor do que ele fez comigo. Ao mesmo tempo em que nos beijávamos, montei no seu pau, me movimentando para cima e para baixo. Ele enfiou dentro de mim, batendo no fundo. Nossos peitos nus pressionaram um no outro, esfregando um no outro, enquanto eu deslizava ao longo do seu pau.

As mãos de Brandon estavam na minha bunda, me guiando. A fricção do seu pau atingindo o fundo do meu corpo era felicidade pura. As estocadas rápidas me levaram para o clímax de novo. Ele interrompeu o nosso beijo, lambendo o meu pescoço e saboreando o suor suave da minha pele.

Com Blake por fim fora de casa, Brandon e eu fazíamos amor em qualquer lugar que considerássemos adequado. O sofá em que estávamos era um dos nossos preferidos, pois era fácil de me apoiar para balançar para cima e para baixo no seu pau duro.

Gemi no ouvido de Brandon, o prazer tão perto, que eu podia sentir o calor do meu corpo aumentando. Ele continuou a bombear para cima, alcançando o ponto delicioso que doía para ser despertado, e seu pau esfregava todos os nervos que me mandariam para o limite a qualquer momento.

Brandon gemeu no meu pescoço; eu sabia que ele estava perto... tão perto quanto eu de me desfazer outra vez. Ele acelerou as estocadas, batendo no ponto que enviou uma onda de satisfação através do meu corpo inteiro à medida que meu orgasmo assumiu o controle. Ele gemeu de novo, balançando os quadris dentro de mim com mais força, enquanto gozava fundo.

Capítulo Catorze

Depois de um longo dia no trabalho, dirigi sozinha os trinta minutos. Brandon estava na casa do Ben para o seu jogo de pôquer semanal e eu ainda precisava fazer a mala para a exposição que seria dali a dois dias, em Hollywood.

Acyn, Donna e eu íamos pegar o voo no dia seguinte depois do almoço. Desde que me tornei a chefe, meus dias eram ocupados principalmente com reuniões. Na verdade, não tinha tempo para ir à exposição, mas eu precisava ir.

A BKJB era mais a minha vida agora, e eu precisava que ela fosse bem-sucedida. Precisava mostrar a Donna como falar com o público e obter mais assinantes para o nosso site. Como ela era assistente administrativa, não estava bem informada sobre como conduzir meu antigo cargo de assistente executiva.

Claro, como eu previ, ela estava fazendo um excelente trabalho. Coordenava todas as minhas reuniões, gerenciava os posts diários de exercícios para dar para Bel e Carroll passarem para o Facebook e o Twitter, mantinha minha carga de trabalho um pouco em ordem, entre outras coisas.

Uma vez que Brandon e eu estávamos tentando ter um bebê, eu precisava que Donna conhecesse os prós e contras para gerir as tarefas quando eu estivesse fora, na licença maternidade. Por sorte, já que o bebê de Jason e Becca, Jason Jr., tinha três meses de idade, Becca poderia assumir o meu cargo nesse período.

Becca assumiria, tendo em vista o seu status de sócia da empresa. Ela era capacitada para fazer o meu trabalho, e não precisaríamos encontrar um substituto.

Claro, provavelmente ela precisaria falar comigo todos os dias, para ter certeza de que estava fazendo tudo de maneira correta, mas eu não tinha dúvidas de que ela e Donna seriam capazes de dar conta de tudo.

No dia seguinte ao nascimento de Jason Jr., Brandon ficou obcecado por bebês. Ele me disse:

— Não seria legal o nosso filho crescer junto com J. Jr.?

— Claro que seria.

— Entendo o que você quer dizer sobre querer um bebê. Estou pronto.

Parei de tomar pílula naquele dia e permiti que o que fosse acontecer, acontecesse. Nossos pais ficaram animados ao ouvirem a notícia de que estávamos preparados. Desde que Aimee soube que não seria avó porque Christy tinha fingido tudo, percebi que ela andava triste.

Sabia que Brandon e eu seríamos os únicos a dar netos para Aimee. Com a sua história, Blake nunca se acomodaria. Na verdade, ele poderia dar netos a eles com diversas mulheres diferentes.

Enquanto me lembrava de Brandon e eu finalmente tomando a decisão de tentar ter um bebê, comecei a fazer a mala para minha viagem de negócios. A exposição era na sexta-feira e no sábado, e seria a primeira vez que Brandon e eu ficaríamos separados desde que nos casamos.

Fiquei aborrecida por Brandon ter decidido ir ao seu jogo de pôquer, mas entendi. Era a sua noite de ficar com os rapazes, mas eu estava indo para o sul por três noites. Não era normal para nós ficarmos afastados, mas sabia que ele também precisava do tempo dele com os amigos.

Assim que fechei o zíper da mala, chegou uma mensagem de Blake.

Blake: O pôquer foi cancelado, então saímos para tomar uns drinques. Seu garoto está fodido, estou levando ele para casa.

Eu: Que porra é essa, Blake? Você deixou ele bêbado de novo?

Blake: Não forcei Brandon a beber, Spencer!
Eu: É mesmo? Quantos desses drinques você comprou para ele?
Blake: Bem, todos.
Eu: Exatamente.

Eu estava furiosa. Brandon estava ficando bêbado com muita frequência. Eu não conseguia aguentar mais. Ele precisava parar ou talvez esse casamento não fosse dar certo.

Eu: Estou indo para aí.
Ryan: Tudo bem?
Eu: B está bêbado de novo. Chega!
Ryan: Certo. Até já.

Liguei para Tianna para ter certeza de que ela poderia cuidar de Niner enquanto eu estivesse viajando. Eu não podia confiar em Brandon no momento. Ele estava mais preocupado em beber do que em cuidar da família.

Desde que Blake apareceu, seus modos de festejar estavam contaminando Brandon. Para mim chega. Chega!

— Você está bêbado de novo? — perguntei, sentada no sofá quando ele entrou pela porta da frente.

Eu já sabia a resposta, mas ele precisava saber que eu não estava feliz, que por mim aquilo tinha que acabar. Eu não tinha certeza de que ele se lembraria da nossa briga, já que estava bêbado, mas ele não era do tipo de apagar e não se lembrar de merda nenhuma de quando estava bêbado.

— Não — ele disse, balbuciando a palavra.

— Mesmo? Não foi o que Blake me contou.

— Tudo bem, estou bêbado! — ele gritou.

— Você acha que eu deveria criar um bebê junto com a merda de um bêbado?

— Relaxe, Spencer. Eu não fico bêbado toda noite. — Ele se estatelou no sofá ao meu lado.

— Não, você fica bêbado toda semana e estou cansada disso. Eu sou a pessoa que sempre tem que cuidar de você — falei, levantando do sofá enquanto uma lágrima rolava pelo meu rosto. — Vou passar a noite na Ryan. Não quero olhar para você neste momento. Te vejo quando voltar, no domingo à noite. Talvez até lá você perceba que tem mais coisas na vida do que uma garrafa de vodca.

— Não vá embora. Vou ficar sóbrio e depois não vou beber nunca mais — ele disse, tentando alcançar meu braço para me impedir.

— Não estou pedindo que você não beba nunca mais. Só quero o *meu* Brandon de volta — gritei.

വ⊙♡૭

Não dormi nada. Fiquei virando e rolando na cama do quarto de hóspedes de Ryan. Brandon e eu raramente brigávamos. Eu nunca tinha saído de casa com raiva antes, mas não pude mais aguentar. Mesmo que fosse apenas uma noite por semana, já era demais.

Nosso relacionamento começou como um conto de fadas e agora estava se transformando em um pesadelo. Eu tinha varrido o problema dele com a bebida para debaixo do tapete por muito tempo, e não poderia mais viver assim. As pessoas pensavam que éramos o casal perfeito. Talvez nós fôssemos, mas ele não me fazia feliz como eu costumava ser.

Desde o momento em que saí de casa, Brandon estava me ligando. Ignorei as ligações e mensagens. Eu não ia implorar para que ele deixasse de beber. Se beber seria nossa destruição, então que assim seja. Eu havia me recuperado de muita dor de cabeça na minha vida.

No caminho para a casa de Ryan, a música *Marry Me*, do Train, tocou no rádio. No começo, não registrei na minha cabeça até que eles cantaram o verso sobre estar sempre feliz ao seu lado. As lágrimas rolaram pelo meu rosto, a estrada ficou borrada à minha frente, e meu coração se partiu.

Quando Brandon e eu estávamos planejando nosso casamento e tentando encontrar uma música para caminhar para o altar, escolhemos esta. Eu não queria uma música tradicional, mas uma que se encaixasse na nossa vida, e essa se *encaixava*.

Ryan e eu ficamos conversando até bem depois da meia-noite. Ela entendia a situação que eu estava vivendo. Max não bebia tanto, mas ela sabia o que era ser infeliz no casamento.

Estava entediada no trabalho, esperando a hora do almoço para ir ao aeroporto. Não estava mais na expectativa da exposição. Eu era o tipo de explodir e depois seguir em frente, mas queria seguir em frente com Brandon. Eu precisava que ele percebesse o que estava fazendo comigo, como estava me fazendo sentir.

Acyn, Donna e eu pegamos um táxi para o aeroporto logo após o almoço. Brandon ainda estava ligando e enviando mensagens. Eu tinha mandado uma mensagem quando havia chegado na casa de Ryan, na noite anterior, dizendo que já estava lá e que ele pensasse sobre tudo. Talvez ele tivesse pensado, mas eu não tinha tempo para lidar com isso agora.

— Você está bem, Spencer? — Acyn perguntou, depois de descermos do táxi no aeroporto.

— Estou bem, sim. Por quê?

Pensei que estava escondendo meus sentimentos, mas estava errada.

— Parece que você está meio para baixo.

— Só estou cansada.

Eu estava cansada, mas, claro, também estava deprimida. Odiava ter brigado com Brandon e agora eu não ia vê-lo por três noites inteiras.

— Por sorte, você pode tirar uma soneca depois que fizermos o check-in no hotel, quando chegarmos — Donna falou.

— É, não vejo a hora de fazer isso.

Não precisávamos ir para a exposição até a manhã seguinte, para a montagem.

— Oh — Acyn disse.

Oh?

— O serviço de quarto e uma cama cairiam muito bem agora. — Sorri, tentando esconder minha dor.

Conversamos sobre a exposição enquanto voávamos para Los Angeles. Depois que aterrissamos, um táxi nos levou ao hotel perto da Universal Studios, onde a exposição estava sendo realizada. Eu estava cansada e precisava tirar minha mente da briga com Brandon, mas me senti mal por deixar Acyn e Donna sozinhos em uma cidade da qual eles não sabiam nada.

— Que tal jantarmos mais tarde? — perguntei, caminhando em direção ao elevador. — Eu pago.

— Por mim está ótimo — Donna disse, olhando para Acyn.

— Claro — Acyn respondeu, com um brilho nos olhos.

— Vamos nos encontrar aqui — falei, olhando o relógio do meu celular. Brandon tinha enviado outra mensagem de texto.

Brandon: Só queria pedir que me desculpe.

— Vamos nos encontrar às seis — continuei, depois de ler o texto rapidamente.

— Perfeito — Donna disse.

Nos separamos. Subi para o meu quarto, mandei uma mensagem para Brandon dizendo que estava em Los Angeles, e depois tomei um banho de banheira para relaxar. Precisava limpar a mente. Brigar com Brandon era a última coisa que eu queria fazer. Ele era meu melhor amigo, minha vida, meu amor.

Levantei o braço esquerdo na água quente, olhando a tatuagem que fiz para o aniversário de Brandon. O símbolo do infinito estava me encarando. Isso era ridículo. Como pude ser tão boba? Brandon era um bom homem. Ele me amava e eu o amava. Ele faria qualquer coisa por mim.

Eu sabia, no fundo do meu coração, que, se nós apenas conversássemos sobre isso, ele entenderia o que a bebida dele estava fazendo comigo. Precisava dizer a ele que me casei com um homem de negócios de trinta e um anos, e não com um garoto de dezoito anos de uma fraternidade de faculdade.

Eu não podia passar outra noite brigando. Mesmo que quisesse conversar pessoalmente, eu não podia esperar.

— Me desculpe. — Foram as palavras que Brandon falou quando atendeu o celular.

— Eu sei. — Suspirei.

— É, realmente, sinto muito. Spence, você é minha melhor amiga, e não sei onde eu estaria sem você ao meu lado.

— Eu também — falei calmamente. Uma lágrima rolou pelo meu rosto. — Fiquei pensando, e eu sei que você não é um bêbado.

— Ver você chorar me faz querer morrer. Isso acaba comigo por dentro, e nunca mais quero ver você daquele jeito de novo... a menos que sejam lágrimas de felicidade. — Ouvi um sorriso na voz dele e sorri também. — Sei que estou fazendo merda desde que Blake chegou, e vou voltar a ser o antigo Brandon. Aquele por quem você se apaixonou.

— Aquele por quem ainda estou apaixonada — sussurrei, as lágrimas fluindo livres pelo meu rosto.

— Vou fazer tudo certo, amor. Sei que não posso apagar todas as vezes que eu estava bêbado, mas não vou cruzar essa linha outra vez.

— Eu disse que não estou pedindo para você parar de beber.

— Eu sei. Entendo, é o ponto que cheguei. Sou o único culpado em tudo isso, não o Blake. Não fique brava com ele.

— Como eu não poderia estar brava com o Blake? Ele é a pessoa que influenciou você... que continuou comprando mais bebidas para você.

— Mas fui eu que bebi. Ele não me forçou.

— Não entendo por que você fez isso. Nossa vida é tão ruim que você precisa mascarar algum tipo de dor, ficando bêbado quando está com os amigos?

— Não, de jeito nenhum. — Ele suspirou. — Tenho trabalhado como um maluco, Blake me deixa louco, e eu só precisava gastar um pouco de energia. Não percebi que estava te machucando no processo. Você nunca disse nada.

— Eu sei... eu deveria ter dito.

— Não vamos falar sobre o passado. Eu vou parar. Chega de noites sem dormir, chega de lágrimas. Vou consertar isso. Você é meu mundo, meu tudo, e não quero te perder. Cacete, fiquei perto de perder você duas vezes por causa de outras pessoas. Não vou te perder por causa de mim mesmo, não quando posso evitar.

— Tudo bem — sussurrei.

— Desculpe, vou consertar isso.

— Tudo bem, acredito em você.

— Amo você com todo o meu coração, amor.

— Te amo mais.

୶ↄ♡ↄ୶

Cobri meu rosto manchado de lágrimas com maquiagem e encontrei Acyn e Donna no lobby. Caminhamos pela City Walk, na Universal Studios, jantamos e tomamos uns drinques no Hard Rock Café.

Acyn e Donna eram excelentes funcionários e mereciam ser

bem tratados. Esta exposição foi um grande negócio para a nossa empresa. Faríamos muita divulgação para obter novos assinantes para o site. Acyn era um mestre em *fitness* e sabia muito sobre nutrição, o que era uma grande parte do nosso site.

As pessoas estavam percebendo que dieta e exercícios juntos eram a chave para perder peso, não uma pílula mágica. Nosso site era uma maneira de aprender sobre dieta e exercícios sem ter que pagar muito por uma academia ou um personal trainer.

Ironicamente, era o oposto do que Brandon e Jason precisavam para o Club 24: pessoas que precisavam e queriam a academia, além de personal trainers para ajudá-los. Agora que nossa empresa era proprietária de ambos os lados do espectro, era uma relação ganha-ganha.

Voltamos para o hotel depois do jantar, decidindo encerrar o dia. Eu estava exausta, mas exibi uma expressão feliz. Eu estava feliz. Brandon e eu suavizamos as coisas e agora eu era capaz de me concentrar na exposição.

— Posso falar com você antes de subir? — Acyn perguntou.

— Claro. — Olhei para Donna. Ela também ia ficar? *Por favor, fique.*

— Até amanhã cedo, e estejam animados — ela disse, com um sorriso.

Droga!

— O que foi? — perguntei.

Ficar sozinha com Acyn era difícil. Não porque eu sentisse alguma coisa por ele, mas porque ele sempre me fazia sentir desconfortável. Algumas mulheres ficam lisonjeadas quando um cara flerta com elas. Admito, é bom, mas com Acyn chegou ao ponto em que eu simplesmente não queria estar perto dele.

Ele era um cara bacana. Era atraente, mas eu não entendia por que parecia que ele só tinha olhos para mim. Ele poderia ter qualquer mulher que desejasse. Tinha um corpo musculoso, olhos azuis lindos e era doce. Apenas não era o cara para mim.

— Podemos tomar mais uma bebida? Quero falar com você sobre um assunto.

— Hum, claro.

Seu olhar me lembrou da noite em que o vi na festa de final de ano do escritório, quando ele se sentou ao meu lado, antes de saber sobre Brandon. Era um olhar de luxúria.

— Primeiro, quero ter certeza de que você está bem. Parecia que você estava um pouco triste antes — ele falou, ao nos sentarmos a uma pequena mesa redonda, esperando por uma garçonete.

— Estou, não dormi bem ontem à noite. Estou bem — falei com um sorriso, tentando esconder a verdade.

— Está tudo bem com Brandon?

— Acyn... sou sua chefe agora, você precisa parar.

— Gostava de você muito tempo antes de você ser a minha chefe. — Ele sorriu com malícia.

— Sou casada agora — disse secamente.

— Spencer, eu não vou mais fazer rodeios. Você me faz querer ser tudo o que você precisa, e eu quero colocar você em primeiro lugar. Falo com Deus mesmo quando não estou na igreja, rezando para que você seja minha. E, acima de tudo, quero ser a pessoa que faz você rir, e *não* chorar.

— Eu...

— Deixe-me terminar.

— Não posso, Acyn. Sou casada. Estou casada com um bom homem. Ele é todas essas coisas. Ele é o *meu* tudo. Sim, nós brigamos. E daí? Casais brigam. Isso não significa que quero me divorciar dele. Você realmente não pode continuar fazendo isso.

Eu estava lívida. As pessoas no pequeno bar do lobby estavam olhando para nós, desfrutando do show.

— Estou apaixonado por você, Spencer.

— Você nem me conhece. Não sabe nada sobre mim.

— Eu sei. Adoro sua paixão, seu ímpeto...

— Pare! Pare, porra. Se você não fosse um grande recurso para esta empresa, eu te demitiria agora mesmo.

— Você não faria isso. Eu salvei a sua vida.

— É isso? É por isso que você acha que devo dar uma chance para você?

— Não...

— Você achou que ficando sozinho comigo, eu ia trair o Brandon?

— Não, eu só queria falar para você como me sinto.

— Desculpe, Acyn, não posso. Amo o Brandon de todo coração. Nunca o machucaria desse jeito. Você realmente precisa parar com isso. Vá em frente. Encontre alguém que te faça feliz. Eu não sou essa mulher.

— Tudo bem.

— Está tudo bem? Tivemos essa conversa várias vezes. Eu fiz a ponte entre você e minhas amigas para que você seguisse em frente.

— Vou tentar.

— Você precisa fazer melhor do que tentar. Se você não conseguir, não vai mais poder trabalhar para mim.

Capítulo Quinze

A exposição estava cheia pela manhã, mas o público começou a diminuir a após o almoço. Estávamos fazendo muito sucesso. As pessoas pegavam os panfletos, escaneando nosso código QR e se inscrevendo no nosso site.

Fui nos outros stands, explorando o que tinham a oferecer. Vi algumas ideias ótimas para itens promocionais, e, no caminho de volta para o nosso stand, vi Acyn flertando com uma morena. *Bom para ele.*

— Ela poderia ser sua gêmea — Donna sussurrou no meu ouvido.

Acyn e a morena ainda estavam flertando. Acyn estava mostrando para ela movimentos fáceis como agachamento e como fazer uma flexão corretamente.

— É mesmo? Você acha?

— Se não a sua gêmea, então poderia ser sua irmã.

— Não enxergo isso. — Eu ri.

Eu não enxergava. Não achava que a morena parecia comigo, de jeito nenhum. A Ryan parecia mais comigo do que essa garota.

Acyn deve ter sentido meus olhos nele, porque se virou e sorriu. Eu não estava com ciúmes. Ele poderia pensar que eu estava olhando porque estava com ciúmes; no entanto, eu estava apenas tentando ver o que Donna viu para fazê-la pensar que essa garota parecia comigo.

A morena saiu depois de pegar o e-mail do Acyn e o que eu imaginei ser o seu número de telefone. Donna estava ajudando outro visitante da exposição enquanto fiquei sentada observando os dois apresentarem a nossa empresa perfeitamente. Acyn e Donna poderiam lidar com isso sozinhos. Eles não precisavam de mim, e eu não queria uma repetição da noite anterior com Acyn.

— Vocês dois estão fazendo um excelente trabalho — falei, quando as pessoas se afastaram.

— Obrigada, Spencer — Donna disse.

— Tenho que voltar para São Francisco hoje à tarde. Preciso deixar vocês dois aqui, cuidando de tudo.

— Sem problema — Donna disse. — Está tudo bem?

Senti os olhos de Acyn enquanto falava com Donna.

— Claro, está sim. Só preciso cuidar de alguns negócios urgentes, e já que acho que a correria terminou, vocês realmente não precisam da chefe rondando. — Sorri.

Fui embora depois de dar algumas instruções para eles sobre levar nossos banners e panfletos extras de volta para São Francisco. Eles ainda precisavam lidar com a exposição de sábado sozinhos, mas eu sabia que conseguiriam. Eu precisava ter certeza de que as coisas estavam bem com Brandon.

Depois do nosso telefonema, tudo estava bem, mas eu precisava vê-lo. Não queria que a nossa última lembrança fosse ruim, se acontecesse algo. É como se diz: "nunca vá para a cama com raiva", e, bem, também deveria ser: "nunca se deve partir zangado, deixando alguém para trás, porque você nunca sabe o que pode acontecer".

Cheguei ao aeroporto de Los Angeles e peguei um voo de volta para São Francisco algumas horas depois. Muitas pessoas viajavam a negócios entre a Área da Baía e o sul da Califórnia, e havia diversos voos disponíveis durante o dia todo.

Não disse a Brandon que estava voltando para casa; queria fazer uma surpresa. Devaneei a viagem inteira sobre a gente tomando um banho quente de espuma juntos e deitados na cama pelo resto do fim de semana, o tempo todo partilhando de um sexo de reconciliação tão necessário, de novo e de novo.

Depois de aterrissar, peguei um táxi para o Club 24, disse olá para Jennifer na recepção e subi até o escritório de Brandon com um sorriso espalhado pelo rosto. Mal podia esperar para ver a expressão no seu rosto, quando abri a porta e o surpreendi.

Gostaria de poder contar que vi aquele olhar no seu rosto, mas, tristemente, não foi o que aconteceu. Você já esteve em uma situação na qual você não podia acreditar? Como ir às suas férias dos sonhos e ser tão surreal que você simplesmente não podia acreditar que estava acontecendo na vida real? Só que este não foi o meu sonho se tornando realidade.

As persianas da janela do escritório de Brandon estavam abaixadas e a porta, fechada, mas não trancada, quando virei a maçaneta e fiquei imóvel.

Eu só podia ver a parte de trás da camiseta polo branca de Brandon, do Club 24, que ele usava todos os dias para trabalhar, enquanto seus quadris balançavam em uma mulher, com o jeans ainda em volta da cintura. Nenhuma roupa estava no chão; era quase como se eles não pudessem esperar para foder.

A mulher levantou a cabeça da escrivaninha quando ouviu a porta abrir, e meu mundo parou.

Os olhos de Teresa Robinson encontraram os meus, um sorriso maligno se espalhando pelo seu rosto, e ela gemeu no ouvido dele,

— B, aí mesmo. Isso é tão bom.

A cabeça dele estava no peito dela enquanto ele gemia o suficiente para eu ouvir o ruído abafado familiar.

Por quê?

Por que os homens na minha vida sempre me enganavam em seus escritórios? Achei que Brandon era diferente. Uma pequena briga e ele estava me traindo. Ou ele estava me traindo o tempo todo e eu acabei de pegar?

Mantive minhas lágrimas presas quando me virei e desci correndo as escadas, sem fechar a porta atrás de mim. Que ele saiba que alguém o viu. Deixe que ela conte para ele que era *eu*.

— Tenha um bom dia, Sra. Montgomery — Jennifer disse quando passei correndo por ela em direção à porta da frente.

Sra. Montgomery. Estas duas palavras me atingiram como uma tonelada de tijolos. Quem sabia que as palavras podiam esmagar meu coração com tanta força que senti como se não pudesse respirar? Como? Por quê? Eu dei tudo para aquele homem. Ele era o *meu* tudo, ele me disse que eu era o *seu* tudo, mas a Sra. Robinson finalmente pôs as garras nele.

Uma lágrima solitária rolou pela minha face direita quando bati a porta do meu Bimmer preto ao entrar. Olhei em volta, procurando o Range Rover de Brandon, querendo esmagar os faróis e riscar o carro com a minha chave e escrever "canalha traidor" em todos os lados. Meu sangue estava em chamas.

Meu celular tocou. Era ele. Eu não conseguia atender. Não podia falar com ele. Meu mundo estava desmoronando e eu simplesmente não conseguia falar com ele. Não queria ouvir nenhuma desculpa que ele me desse. Nenhuma desculpa era boa o suficiente. Fiz tudo por ele... cuidei dele com todo o meu coração, agradava Brandon de maneiras que achava que o satisfaziam, mas, era óbvio, não foi o suficiente.

Uma onda de raiva passou por mim enquanto o celular continuava tocando. *Foda-se, Brandon,* pensei, e joguei o celular no painel, rachando-o em algumas partes.

Eu tinha passado por isso antes com o Trav*idiota*. Naquela época, eu estava triste. Pensei que minha vida estivesse terminando. Meu coração foi arrancado do meu corpo, mas, desta vez, eu estava com raiva. Brandon sabia tudo sobre Trav*idiota*. Ele sabia o quanto ele havia me machucado, como ele esmagou meu coração, pisoteando-o depois de tirá-lo do meu peito. Mas Brandon também era um maldito canalha traidor.

Dirigi os poucos quarteirões para a casa de Ryan, enquanto a lágrima solitária permaneceu no meu rosto e secou lentamente. Estacionei na frente da casa dela e esperei que chegasse. Não tinha como telefonar e esperava que ela viesse direto do trabalho para casa. Ela e Max ainda mantinham a sua tradição de encontro na sexta-feira à noite, e ambos chegariam a qualquer momento. Assim eu esperava.

Sentei no meu carro em silêncio e fechei os olhos, relembrando o que tinha acabado de ver. Eu não ia chorar... não ia derramar lágrimas. Ele não valia a pena. Se ele quisesse uma pantera velha, que ficasse com ela.

Por que não vi nenhum sinal? Eu a vi flertar com ele, mas ele a afastou e acreditei nele. Eu merecia coisa melhor. O que foi melhor? Os dois últimos homens que amei na vida me traíram. O que tinha de errado comigo? O que eu estava fazendo de errado?

Quando você está apaixonada, você se arrisca, mas isso foi injusto. Eu deixaria de respirar se Brandon me pedisse.

Na saúde e na doença, na alegria e na tristeza, até que a morte nos separe foram as palavras que dissemos do fundo do coração. Pelo menos eu disse.

Lembrei que Ryan tinha me dado uma chave da casa dela, no caso de ela a perder ou eu precisar para qualquer coisa. Eu não conseguiria dirigir o caminho todo para casa, não para a casa que eu compartilhei com *ele*.

Sentei à mesa da sala de jantar e esperei que ela chegasse, depois de me servir de um copo de vodca. Sem suco de cranberry, só vodca com gelo. Eu precisava abafar a dor que partia o meu coração, que me fazia querer morrer.

Nunca pensei que Brandon faria isso comigo. Nunca imaginei que fôssemos nos divorciar, muito menos que ele me trairia. Pensei que ele fosse um homem bom. Havia dado meu mundo para ele. Ele era o meu mundo e agora meu mundo estava desmoronando ao meu redor.

Rejeitei Acyn um milhão de vezes. Ele disse que queria me fazer rir, e não chorar. Que queria ser o meu tudo e que me amava. Pensei que tinha o *meu* tudo. Eu nunca trairia o Brandon.

— Spence, o que você está fazendo aqui? — Ryan perguntou, entrando pela porta da frente.

Tomei outro gole de vodca. O líquido frio queimou minha garganta ao descer.

— Eu...

— Você o quê?

Não conseguia soltar as palavras. Olhei os seus olhos castanhos, tentando encontrar forças para contar a ela o que eu tinha visto.

Fiquei de pé, querendo andar pela cozinha com raiva, mas caí no chão ao mesmo tempo em que as lágrimas jorraram.

— Spencer, o que aconteceu? Por que você não está em Los Angeles?

Eu não conseguia falar. As lágrimas estavam tentando curar minha dor.

— Por favor, me diga por que você está chorando — ela disse, segurando minha cabeça contra o seu peito enquanto acariciava minhas costas.

— Brandon — sussurrei. Eu estava hiperventilando enquanto as palavras lutavam para sair.

— O que tem o Brandon? Está tudo bem com ele?

— Ele...

Eu não estava conseguindo. Não conseguia falar. A imagem dele e dela na mesa ficava retornando na minha cabeça.

— Ele está me ligando — ela disse.

— Não! — gritei, pegando o celular dela.

— Spencer, por favor, me diga o que está acontecendo. Você

sabe que estou aqui para te apoiar.

— Eu peguei o Brandon me traindo! — gritei. As lágrimas salgadas escorreram pelo meu queixo até caírem na minha blusa preta.

— Oh, meu Deus! Tem certeza?

— Tenho certeza, sim. Eu vi o Brandon, no escritório dele, com a vovó!

— Vovó?

— A Sra. Robinson!

— Aquela puta! Devolva o meu celular, vou ligar para esse canalha maldito e acabar com ele.

— Não, não quero que ele saiba onde eu estou.

— Bem, eu vou matar o Brandon — ela disse, ainda esfregando minhas costas para me acalmar.

Contei para a Ryan o que tinha acontecido, a partir da nossa briga antes de viajar para a exposição. Seu celular continuava tocando direto e nós ignoramos. Algumas vezes eu tive que implorar que ela não atendesse. Eu a amava, mas essa briga não era dela. Era minha e eu precisava lidar com isso em meus próprios termos.

Ryan me serviu outra vodca com gelo e um suco de cranberry para si.

— Você não vai beber comigo?

No passado, não importa o quê, sempre bebíamos juntas quando a merda batia no ventilador. Era tradição beber vodca e tomar sorvete de chocolate com pedacinhos de chocolate e menta direto da embalagem.

— Não, tenho uma coisa para contar para você, mas não é a hora certa.

— O que você quer dizer? — Enxuguei as lágrimas do meu rosto.

— Quer um sorvete?

— Ry — eu disse, olhando-a severamente.

— Max e eu estamos grávidos — ela disse, tentando esconder a excitação.

Chorei de novo. A vida de todos era perfeita, menos a minha. Ela finalmente conseguiu o que queria, e eu tinha um marido que me traía.

— Viu, é por isso que eu não queria contar agora.

— Não, estou feliz por você — respondi, em lágrimas.

O telefone de Ryan continuou tocando, mas não respondemos. No fim, ele entenderia a dica. Chorei mais ao tentar forçar um sorriso para Ryan. Estava feliz por ela. Minha melhor amiga estava feliz, ganhando o seu "felizes para sempre", que ela tanto tinha desejado. Agora, eu achava que não ganharia mais o meu. Nem podia imaginar namorar outro cara e ter meu coração despedaçado de novo.

— Por que você não está atendendo o telefone? — Max disse, entrando pela porta da frente.

— Porque não estamos falando com esse idiota — Ryan disse.

— O quê? Por quê?

— Ele traiu a Spencer!

— Quando? Ele está em Los Angeles.

— O quê? — questionei, levantando a cabeça para olhá-lo.

— Ele recebeu uma ligação de Donna. Acyn morreu.

Capítulo Dezesseis

Não pude salvá-lo como ele me salvou. Eu o deixei e ele morreu. Eu nunca mais veria o seu sorriso outra vez, ouviria a sua risada ou até mesmo recusaria o seu pedido para um encontro. O trabalho no escritório não seria o mesmo e eu já sentia falta dele.

Mesmo que eu tenha deixado Los Angeles porque não queria ficar sozinha com ele e ter ameaçado Acyn com uma demissão, eu iria sentir muito a falta dele. Ele salvou a minha vida e eu devia muito mais a ele do que falei na minha última noite em L.A. Ele era um bom homem, um homem que só queria amor — o meu amor —; o amor que eu nunca daria a ele.

Ele vai me reconhecer na próxima vez que nos virmos... no céu? Ele teria a mesma aparência, mas eu estaria diferente; mais velha, espero. Nunca imaginei que ele fosse morrer sem que eu pudesse me despedir. Agora ele estava me olhando de cima, do céu, me observando chorar, desejando que ele estivesse aqui. Sempre parti do princípio de que ele estaria aqui.

Eu não tinha perdido muitos amigos antes. As únicas pessoas que eu tinha perdido nos meus vinte e nove anos foram meus bisavós. Eu gostaria de fazer o tempo voltar... queria voltar para o minuto anterior a Acyn decidir entrar no carro com a morena da exposição.

⊙♡⊙

Esperei Brandon voltar de L.A. na casa de Ryan e Max. Este dia estava se transformando no mais longo e doloroso da minha vida.

Brandon não sabia que eu estava voltando para casa e quis aparecer na exposição para fazer uma surpresa. Ele estava voando ao mesmo tempo que eu, e, quando ele pousou, viu uma ligação perdida de Donna. Ela tentou me ligar, mas meu celular também estava desligado, já que eu estava no voo.

Como se constatou, Brandon não estava me traindo no escritório. Era Blake.

Eu não sabia o que pensar. Há poucas horas, tinha pensado que o meu mundo estava desmoronando, mas era um erro. Lembrando do que eu tinha visto, e agora pensando de forma mais racional, percebi que não vi o carro de Brandon no estacionamento e nem o seu rosto enquanto estava no escritório. Blake e Brandon podiam passar por gêmeos, se você só olhasse o perfil deles.

A Sra. Robinson intencionalmente me fez acreditar que era o Brandon. Ela sabia o que estava fazendo e aquela tinha sido a última gota. Brandon estava me dando o prazer de dizer a ela que a sua inscrição tinha sido cancelada e que sua presença não seria permitida nas instalações da academia.

Quando Brandon finalmente chegou a São Francisco, ele não conseguiu acreditar no que estava ouvindo. Falei tudo o que aconteceu desde o momento em que desci do avião. Ele me segurou em seus braços o tempo todo, acariciando as minhas costas e dizendo que nunca me trairia.

Depois de me acalmar um pouco, Brandon chamou Blake e acabou com ele. Mas Blake não viu qual era o grande problema. Ele e Stacey estavam mais uma vez separados por causa da distância; pelo menos, foi o que ele contou para o Brandon. Ele não me convenceu de que eles haviam terminado. Eu tinha aprendido que meu cunhado era um mulherengo. Esperava que ele não fosse um traidor, mas tinha a sensação de que, se ele achasse que não seria pego, trairia.

Ele foi pego, mas será que eu contaria a Stacey um dia?

Eu nem sabia o que pensar sobre o que Blake fez. Claro, nós não o demitimos por violar a política da empresa, mas Brandon o suspendeu e explicou que ele não tinha permissão para entrar na academia por três meses. Ele só tinha permissão para entrar no andar de cima, onde estavam sendo feitas as reformas para a casa noturna. A suspensão também o ajudaria a se concentrar em deixar a casa pronta e funcionando. Ele esperava que ela estivesse bombando até o final de julho, dali a três meses... se ele vivesse o suficiente para ver esse dia. Com tudo o que tinha acabado de me fazer passar, eu estava pronta para matá-lo.

Achei que minha vida tinha acabado. Pensei que o meu "felizes para sempre" nunca aconteceria. Mas não era verdade. Foi a vida de Acyn que nunca conseguiria ter um "felizes para sempre".

୰❂♡❂୰

No dia seguinte ao acidente, a mãe de Acyn voou para L.A. para recuperar o corpo do filho. A morena também havia morrido. Eles estavam a poucas quadras de um restaurante onde jantaram, quando um carro atravessou a pista central e bateu de frente no carro deles. Acyn e a morena foram mortos instantaneamente pelo motorista bêbado, que também morreu no acidente.

Eu ainda queria que houvesse algo que eu pudesse ter feito para impedir Acyn de entrar no carro, ou de tê-lo feito sair para jantar comigo e Donna, mas em vez disso... em vez disso, eu o deixei.

Uma semana depois do acidente, Brandon e eu fomos para o Alabama para o funeral. Era o mínimo que eu podia fazer. Precisava dizer adeus a ele. Precisava dizer a ele o quanto estava arrependida por ter sido tão cruel, quando tudo o que ele queria era amor.

O caixão permaneceu fechado no funeral. O corpo dele estava tão destruído que sua mãe não queria que ninguém o visse naquele estado. Era um dia quente e úmido; Brandon e eu ficamos ao lado da mãe dele e vimos o caixão ser baixado depois que o padre pronunciou o seu discurso, mas não ouvi sequer uma palavra.

Minhas pernas estavam trêmulas, e senti que meu corpo ia entrar em colapso, se não tivesse Brandon para me manter em pé.

De todas as coisas girando na minha cabeça, o que prevaleceu foi a percepção de que poderia ter sido eu no caixão, aquela cuja vida teria sido interrompida, se a pessoa cuja vida foi tragicamente interrompida agora não tivesse salvado a minha.

Não pude encontrar as palavras para expressar o quanto fui grata a esse homem que agora era um anjo no céu. Desejei que as coisas não tivessem ficado em termos incertos, e que tivéssemos conseguido nos tornar amigos e não nos preocuparmos em andar em ovos por causa de como ele se sentia sobre mim.

O que mais me machucava era o quanto ele foi incrível em vida e todas as coisas que fez. Ele nunca conseguirá o "felizes para sempre" que eu vou ter com Brandon. Ele não terá mais os primeiros beijos, o frio na barriga quando você encontra aquele alguém, e nunca terá filhos.

Apertei o braço de Brandon, e ele me respondeu com um beijo no alto da minha cabeça. Ele sabia como eu estava me sentindo, porque ele sentia isso também. Se não fosse pelo Acyn, provavelmente eu não estaria respirando. Eu não tinha dúvidas de que Michael teria mandado Colin me matar depois que Brandon enviou o dinheiro.

Joguei na cova a rosa amarela que estava segurando durante a cerimônia. A rosa amarela significava amizade, e, enquanto vivesse, eu sempre consideraria Acyn meu amigo.

Inclinei-me para abraçar a mãe de Acyn enquanto ela chorava. Não a conheci antes desse trágico evento, mas disse a ela que seu filho tinha salvado a minha vida. Eu me senti ligada a ela de certa forma, porque, como eu, ela não se despediu.

Tentei desesperadamente reprimir as lágrimas que ameaçavam cair, mas não aguentei. Lágrimas quentes escorreram pelo meu rosto, enevoando o mar de pessoas que estavam ali para a última despedida. Senti a mão de Brandon acariciando a parte de trás do meu ombro. Ele era a minha rocha, e eu o amava ainda mais por isso.

O pastor falou baixo para a mãe de Acyn e ela assentiu, caminhando até o monte de terra e pegando um punhado. Sua voz era em um sussurro baixo, mas pude distinguir vagamente "eu amo você" e "você me deixou tão orgulhosa" quando ela espalhou a terra, que segurava apertado em sua mão pequena, sobre o caixão.

Ela se virou e deu um pequeno sorriso para mim.

— Spencer, por favor, vá em seguida — falou, com lágrimas escorrendo pelo rosto.

Confirmei com uma inclinação de cabeça. Brandon segurou minha mão ao me acompanhar para pegar o meu punhado de terra. Fiquei de pé no lado do túmulo, abri a mão e deixei a terra cair.

— Me desculpe — sussurrei e me virei para Brandon. Minhas lágrimas molharam sua camisa preta.

Observei Brandon segurando a terra em sua mão livre, a outra ainda envolvendo meus ombros, comigo inclinada em seu peito. Suas palavras foram praticamente inaudíveis até que ele olhou para mim, olhou nos meus olhos e sussurrou "obrigado", quando uma lágrima escorreu do canto do seu olho.

Nós dois devíamos tanto a ele! E nunca retribuiríamos o favor. Ele havia partido, mas eu nunca superaria o desejo de ter salvado Acyn naquele dia.

Toda vez que rezar, sentirei sua falta. Até o dia em que nos encontrarmos de novo, vou mantê-lo no meu coração.

As outras pessoas seguiram uma a uma, pegando um punhado da terra e deixando cair junto com suas despedidas. Afastar-se depois dessa cena emocionante foi mais difícil do que eu esperava. Brandon me ajudou a entrar no carro alugado, afivelou meu cinto e me beijou antes de fechar a porta.

Ele deu partida no carro, colocou-o em marcha e entrou na estrada sinuosa do cemitério. Sua mão se aproximou e pegou a minha, enquanto eu olhava pela janela, para os locais enevoados.

Dez minutos depois, Brandon estava estacionando na frente do nosso hotel. O manobrista abriu a porta e eu saí como um robô. Brandon chegou bem perto de mim em segundos e me guiou pelo lobby até o elevador. Ele não disse nada, apenas ficou ao meu lado, me confortando.

Não havia palavras que precisassem ser ditas.

Não sei como cheguei lá, mas eu estava de pé na varanda, olhando para a cidade. Sentia os dedos de Brandon colocando fios de cabelo atrás da minha orelha. Eu me virei e olhei para ele, os olhos vermelhos e cheios de tristeza, e desabei.

Apertei meus punhos na frente da camisa de Brandon, minhas pernas cedendo por fim, e meus joelhos batendo no chão de concreto. Chorei, novamente molhando a frente de sua camisa, enquanto ele me apoiava e acariciava as minhas costas com movimentos circulares.

— Desabafe. Está tudo bem, amor, estou com você — Brandon falou baixo no meu ouvido, e assim foi. Eu desabafei cada pitada de dor, purgando cada pedaço de mágoa que mantive guardado.

Capítulo Dezessete

Quase três meses se passaram desde que perdi meu amigo Acyn. A atmosfera do escritório estava diferente. Todos sentiam falta dele, mas cada dia estava ficando mais fácil. Por fim, eu estava começando a ser capaz de *pensar* em preencher a sua função no trabalho. Precisava fazer isso, mas ainda não dava para imaginar que essa pessoa não fosse Acyn. Ainda não.

— Quer um copo de vinho? — Brandon perguntou da cozinha.

Era segunda-feira e tínhamos acabado de chegar em casa depois da nossa hora de treino na academia depois do trabalho. Eu estava fazendo mais kickboxing no final, tentando tirar toda a minha frustração e estresse.

Estava amando ser chefe, mas, neste momento, ter muita responsabilidade era um saco. Quase queria que alguém entrasse e assumisse o controle, mas sabia que tinha que ser eu. Todos sabiam que eu era a chefe, e, mesmo que Acyn fosse mais do que um colega de trabalho, era meu dever encontrar alguém para desempenhar sua função.

— Sim, por favor.

O consumo de bebidas de Brandon voltou ao normal — normal no sentido de só tomar algumas cervejas algumas noites por semana. Eu estava surpresa. Estava me transformando em uma chata. Em um minuto, eu estava bem, e, no próximo, estava sendo rude com alguém sem motivo.

Não sabia o que havia de errado comigo. Pensei que estava lidando com a morte de Acyn melhor do que logo quando descobri que ele morreu, mas eu estava com raiva. Estava cansada, irritada, e às vezes eu atirava coisas sem motivo, a não ser por frustração.

Sabia que Brandon estava preocupado. Também tive essas reações quando não estava pensando em Acyn. Uma parte minha ainda se sentia culpada por não estar lá para salvá-lo. Continuava a pensar que, se eu não tivesse saído da exposição, talvez ele não quisesse sair com aquela garota. Todo mundo continuava a me dizer que a culpa não era minha, mas eu ainda achava que poderia tê-lo salvo como ele me salvou.

— Como foi o seu dia? — Brandon perguntou, colocando o vinho na frente do meu prato de frango à Carbonara.

— Foi bom.

Estava mais uma vez drenada fisicamente. Em geral, o treino na academia me ajudava a liberar o estresse e me dava energia. Nos últimos tempos, simplesmente não estava me sentindo eu mesma.

Nós conversamos sobre o meu dia, o dia dele e a casa noturna que abriria em breve. Tudo parecia estar nos trilhos, menos eu. Eu ainda estava para baixo.

— Você pode me fazer uma massagem após o jantar? — perguntei.

— Claro.

Nós ainda tínhamos nossas massagens semanais na academia, mas não estavam me ajudando muito.

— Quero mais do que dez minutos. Você ainda me deve, do nosso jogo de pôquer no Natal.

Eu tinha esquecido dessa aposta até agora. Brandon sempre queria me tocar, me agradar e me satisfazer, então nunca "resgatei" os meus ganhos.

— Ah. Está certo — ele disse, dando seu sorriso atrevido.

Fiquei vermelha; ele ainda tinha esse efeito sobre mim. Suas mãos no meu corpo me faziam bem... me faziam esquecer... me faziam relaxar.

Suas mãos grandes se espalharam pelas minhas costas, esfregando uma loção perfumada de baunilha sobre a minha pele, trabalhando a tensão dos meus músculos retesados. Eu estava de barriga para baixo na nossa cama. Suas mãos pressionavam as minhas costas, se movendo para a minha bunda nua, enquanto ele esfregava os nós que eu nem tinha ideia de que estavam lá.

Suas mãos se moviam descendo pelas minhas pernas e panturrilhas, subindo pelo outro lado. Ele abriu as minhas pernas e os lábios do meu sexo se separaram ligeiramente, fazendo com que uma sensação deliciosa se formasse entre as minhas dobras.

Os dedos de Brandon roçaram de leve o meu centro e minha boceta ficou úmida. Minhas pernas afastadas continuavam abrindo um pouco a vagina, como se meu centro estivesse brincando consigo mesmo. A sucção em meus lábios abria e depois fechava as minhas dobras, apenas o suficiente para que o ar fresco enviasse um arrepio pelo meu corpo.

Ele tocou entre as minhas pernas outra vez, passando a mão na minha fenda, meus fluidos suaves deslizando na ponta do seu dedo.

— Vire, amor — pediu, depois de trabalhar as minhas costas.

Obedeci, feliz, precisando que ele tocasse mais o meu centro.

Seu polegar roçava meu clitóris, mas eu não tinha certeza se era de propósito. Pensei nos seus dedos escorregando, me provocando, me deixando mais úmida... Pensei na sua boca no lugar dos dedos, lambendo para cima e para baixo enquanto meus fluidos desciam pela minha boceta molhada.

Segurando meu monte com a mão em concha, ele esfregou a loção na minha pele, fazendo minha boceta doer. Precisava que ele escorregasse o dedo lá para dentro, para me preencher um pouco e satisfazer a dor. Sabia que ele sentia que eu estava pingando com o desejo de que ele me fodesse.

Ele pressionou o dedo contra a minha fenda, enquanto esfregava a loção no meu centro. Fiquei de olhos fechados, desfrutando da pressão leve do seu toque, ao mesmo tempo em que eu gemia o suficiente para ele me ouvir... para ele ouvir o que estava fazendo comigo.

Brandon continuou a brincar, apenas o suficiente para escorregar o dedo com a minha umidade, e não precisar mais da loção. A dor entre as minhas pernas cresceu, querendo ser libertada.

— Você gosta disso? — ele sussurrou.

— Sim — gemi.

Seu toque era exatamente o que eu precisava para levar embora o meu estresse e sentir amor, e não dor.

Ele estava brincando com o meu desejo. Não aguentei e soltei um gemido alto. No momento em que ele deslizou o dedo um pouco mais para dentro, meu corpo inteiro relaxou, enviando uma onda de calma da cabeça aos dedos dos pés.

Sua mão deixou o meu monte e olhei para cima, me perguntando para onde o seu toque ausente teria ido. Brandon estava apertando o frasco da loção na palma da mão, e em seguida começou a acariciar meus seios, esfregando a loção enquanto os trabalhava, fazendo meus mamilos enrugarem enquanto ele massageava os nós entumecidos.

Ele usou a loção, amassando o topo dos meus ombros, trabalhando as tensões acumuladas nos últimos dias. Depois, deslizou por todo o meu corpo, esfregando o excesso de loção, enquanto percorria o caminho de volta ao meu centro.

Ofeguei levemente, esperando que ele me tocasse de novo onde eu mais precisava... esperando que ele aliviasse minha excitação acumulada.

Abri mais as pernas, oferecendo acesso enquanto ele roçava os meus lábios levemente outra vez e esfregava o meu clitóris com o polegar até que eu estava quase gozando, e então ele parou.

Ele moveu o corpo e ficou entre as minhas pernas, que se

abriram enquanto ele colocava a cabeça entre elas. Sua língua mergulhou ligeiramente dentro de mim, saboreando meus fluidos. Eu gemia, o calor da sua língua superando a frieza do ar.

Eu precisava me soltar. Girei meus quadris em torno de sua língua, que estava lambendo o meu clitóris, tentando aumentar o atrito. Senti meus fluidos escorrendo entre as minhas pernas para os lençóis quando ele enfiou dois dedos.

Sua língua ainda estava no meu clitóris e a sensação crescia. Brandon empurrou os dedos para dentro de mim, me esticando e massageando meu ponto G com a ponta do dedo. Sua língua continuou estimulando meu clitóris enquanto meu orgasmo me rasgava, minha boceta apertando os seus dedos.

Eu estava mole. Meu corpo inteiro estava relaxado, e deitei ofegante, quando voltei a mim.

— Está se sentindo melhor? — perguntou.

— Ah, sim. — Sorri.

ꙮ

Soube que alguma coisa estava realmente fora do padrão quando minha menstruação atrasou. Pensei que fosse apenas estresse. Meus seios doíam como se a menstruação fosse começar, mas Becca e Ryan me contaram que elas tiveram alterações de humor antes de descobrirem que estavam grávidas.

— Vocês acham que estou grávida? — perguntei.

Nós três, mais o Jason Jr., saímos para almoçar; um ritual mensal que passamos a gostar. Brandon e Jason estavam na nova casa de Max e Ryan, no meu bairro, reformando a cozinha. Eles tinham acabado de executar uma hipoteca e Ryan falou com Max para se mudarem para o subúrbio.

Quando Ryan descobriu que estava grávida, Max cortou suas horas de trabalho no escritório de advocacia e começou a planejar o futuro deles. Precisávamos convencer Becca e Jason para mudarem para Kentfield também, mas isso provavelmente era exagerado. A casa de Becca e Jason era perfeita para eles no distrito da Marina. No entanto, o subúrbio era melhor para mim e Ryan.

— Acho — elas disseram em uníssono.

Será? Brandon e eu estávamos fazendo sexo sem proteção por muitos meses. Eu estava começando a pensar que não ficaria grávida. Quando Ryan me contou que estava grávida, fiquei feliz por ela, mas com ciúmes. Agora, ela estava de três meses e eu também poderia estar grávida.

Becca e Ryan insistiram que eu fizesse um teste de gravidez na mesma hora, lá no restaurante.

— Vocês duas estão loucas — falei, balançando a cabeça.

— Tudo bem, vamos voltar para a minha casa, e você para e compra o teste no caminho.

— Certo — eu disse.

Eu estava animada. A ideia de estar grávida, de ser capaz de fazer Brandon feliz e fazer nossos pais felizes me deu um frio na barriga.

No caminho para a casa da Becca, Ryan e eu paramos na farmácia para comprar um teste. Ela e eu tínhamos dividido uma carona para Kentfield, e eu também precisava da minha melhor amiga, no caso de não estar grávida e tudo fosse apenas estresse.

— E se eu não estiver grávida? — perguntei a ela. Meus nervos estavam começando a assumir o controle.

— Então, você e Brandon continuarão a fazer sexo como macacos no cio. Dã!

Eu ri dela.

— Oh, certo. Claro.

— Spencer — falou, virando-se para mim, que dirigia. — O que quer que o teste mostre, será o que tem que ser. Não importa o quê, você tem a mim, você tem Brandon, Becca, e sua família. Todo mundo ama você e você não precisa ter um bebê para ser amada.

— Mas quero um bebê para amar.

— Eu sei, eu também queria. Veja quanto tempo eu esperei.

— Eu sei — murmurei.

Dirigimos até a casa de Becca e eu não estava com vontade de fazer xixi, é claro. Ficamos conversando, sem fazer nada, e elas me forçando a beber copos de água até que, por fim, eu fiz xixi.

— E agora esperamos — eu disse.

༶✿༶

Sentei-me na entrada da garagem, olhando fixo para o teste de gravidez.

Sério?

Não podia acreditar. Entrei em casa e vi Brandon sentado no sofá, de banho recém tomado.

— Divertiu-se com as meninas?

— Claro — eu disse, colocando a bolsa na mesa perto da porta. — Você se divertiu com os rapazes?

— Ah, eu não chamaria de diversão.

— Imaginei. Eu acho que a parte divertida seria a demolição, e não levantar toda a merda pesada.

— É, provavelmente você poderia usar isso para desestressar — ele provocou.

Eu sabia que tinha estado irritada nos últimos tempos. Estava sob muito estresse.

— Provavelmente — comentei. — Posso ter uma solução.

— Qual? Matar todo mundo com quem você entra em contato?

— Muito engraçado — rebati, mostrando a língua. — Tenho que fazer xixi, e depois vou contar minha ideia para você.

Tudo o que eu sempre quis 189

Subi as escadas para o nosso quarto. Eu não precisava fazer xixi, mas era uma maneira de contar a novidade. Depois de encontrar o que queria no armário, voltei para baixo.

— Feliz Dia dos Pais — falei, entregando a Brandon uma sacola com um presente.

— Dia dos Pais? — Ele me olhou com curiosidade ao puxar a caixa comprida em forma de pulseira da sacola.

— Bem, é amanhã, mas imaginei que não teria problema em dar o seu presente agora.

— Uma joia? — ele perguntou, segurando a mesma caixa que ele me deu pelo meu aniversário de vinte e oito anos. — Niner me trouxe isso?

— Abra, amor.

Ele abriu a tampa de veludo devagar, um sorriso se espalhando pelos seus lábios e os olhos ficando vidrados.

— Você está grávida? — ele perguntou, segurando o teste de gravidez na mão.

— Estou — eu disse, com lágrimas se formando nos meus olhos.

Ele colocou a caixa na mesa, me pegou em seus braços e me girou.

— Se ele for como eu, vai se casar com o "tudo" que pertencer a ele.

— E se ela for como eu, vai se casar com o "tudo" que pertencer a ela.

Epílogo

Você foi enviado para me salvar — um milagre que Deus me deu, me dando forças para continuar. Uma razão para acreditar que todos consigam o seu "felizes para sempre". Minha escuridão tornou-se luz e recebi este presente — o presente de amar você. Eu o amarei mais do que a própria vida.

Os pezinhos chutaram dentro da minha barriga, uma sensação que eu tinha me acostumado nesses últimos oito meses — a minha pequena família crescendo todos os dias. Eu me perguntava se o nosso bebê se pareceria comigo ou com Brandon. Tudo era um mistério.

Observei Becca e Ryan durante a gravidez delas, mas não tinha ideia do amor que teria por alguém que eu nunca tinha pegado em meus braços. Eu não tinha tido a chance de ouvir a sua voz, de vê-lo sorrir ou de nunca deixá-lo fora da minha vista, mas sabia que, sem dúvida, eu faria qualquer coisa, não importava o que fosse necessário, para proteger a pequena pessoa que eu estava gerando.

Depois que Ryan teve a sua menina, Abby, eu mal podia esperar para segurar meu bebê pela primeira vez. Aqueles dedinhos das mãos e dos pés se agitavam e ela se contorcia em meus braços quando eu a segurava encostando na minha barriga que crescia.

— Sua melhor amiga estará aqui logo — sussurrei no ouvido dela.

Eu sabia, sem dúvida, que nossos filhos seriam melhores amigos. Ter apenas quatro meses de diferença era como se o plano de Deus fosse que eu e Ryan fôssemos amigas para sempre. Desde o momento em que nos conhecemos, eu sabia que seríamos inseparáveis. Nós duas seguimos nossas vidas, mas as forças da natureza estavam nos mantendo juntas.

A casa que eles compraram no outro lado da rua ficou disponível no dia anterior ao que Ryan descobriu que estava grávida. Eu sempre soube que as coisas acontecem por um motivo. Depois que Ryan se mudou, plantamos um limoeiro. Em nossas vidas, havíamos feito muita limonada e planejávamos continuar fazendo até que estivéssemos velhas e grisalhas.

— E se for um menino? — Brandon sussurrou.

— Eles ainda podem ser melhores amigos. Ele e Jason Jr. vão proteger Abby e a amarão como uma irmã.

— E se a gente tiver uma menina?

— Você já viu o jeito que Ryan e eu somos? Nenhuma garota terá uma chance com ele. Nossas garotas se certificarão de que as meninas que estão atrás do seu coração sejam as certas para ele. Você sabe, protegê-lo também. — Encolhi os ombros.

Pensei naquele dia no hospital. Não me importava o que teríamos. Tudo o que eu queria era que meu bebê fosse saudável e eu ficaria feliz.

— Pronta? — Brandon perguntou, entrando na sala de estar.

— Estou. Espere, preciso fazer xixi primeiro — falei.

— Claro que você precisa — ele resmungou.

Nosso chá de bebê aconteceria na casa noturna de Blake, que ficava fechada durante o dia; o mesmo lugar onde tive meu chá de panela, mas agora não era uma sala vazia. Blake me surpreendeu. Depois que quase causou a minha separação de Brandon, ele se concentrou no trabalho e não nas mulheres. Ele e Stacey ainda estavam em uma situação indefinida, mas agora ele tinha um negócio bem-sucedido.

Blake estava no processo de abrir uma casa noturna em Houston. Acho que ele escolheu Houston para que pudesse passar uns meses por lá e ficar mais perto de Stacey. Ele estava começando a me surpreender. Depois que seu irmão mais velho foi muito duro com ele, era como se ele fosse uma pessoa diferente.

— Tudo bem, estou pronta — anunciei, pegando a bolsa.

— Tem certeza? Você acha que vamos direto até a cidade desta vez?

— Cale a boca! Experimente ter uma bola de boliche em cima da sua bexiga para ver como é — eu disse, dando um soco no seu braço.

— Mas ainda não perdi o bom humor.

— Você quer viver tempo suficiente para conhecer este bebê?

— Tudo bem, tudo bem, entre no carro — falou, esfregando o braço no qual dei o soco.

Chegamos na cidade e mal deu tempo de correr para fazer xixi. Brandon me conhecia bem.

Entramos na casa noturna que nossos pais, Ryan e Becca tinham decorado com balões rosas e azuis.

— Você não vai mesmo me dizer o sexo do bebê? — Ryan bufou.

— Não. — Balancei a cabeça.

— Spencer!

— Ninguém sabe, a não ser eu e Brandon. Calma, porra. Você vai descobrir em uma hora.

— É sério, isso é sacanagem.

— Pare de reclamar e me traga um cookie.

Lembrei da gravidez da Becca, quando ela sentia desejo de limonada. Ryan queria Cheetos, e eu tinha desejo por qualquer coisa doce. Chegou ao ponto de Brandon estar tão cansado de descer as escadas no meio da noite para me dar alguma coisa açucarada que ele colocou uma caixa cheia de Oreos na minha mesa de cabeceira, então eu não precisava acordá-lo quando tinha desejos nas horas mais estranhas.

Acordava várias vezes por noite. Coloquei em dia a leitura dos

Tudo o que eu sempre quis   193

romances que estavam empilhados na lista de "quero ler", assisti *Dirty Dancing* e *Escrito nas Estrelas* vinte vezes cada um, e mal conseguia passar um dia inteiro no trabalho durante a semana.

Por causa do trajeto longo, passei a trabalhar de casa e lentamente comecei a treinar Becca para assumir a minha função. Todos os dias, ela e Ryan, assim como qualquer pessoa com quem eu conversava, me perguntavam qual era o sexo do bebê.

Elas sabiam que eu sabia, mas eu queria que fosse uma surpresa para todos.

Cumprimentei meus amigos e minha família, conversei com eles até meus pés me matarem, e tive que sentar. Meus pais vieram até mim, minha mãe esfregou minha barriga e, de novo, me pediu para contar para eles o sexo do bebê.

Eles mal podiam esperar para mimar o nosso pacotinho, e Aimee finalmente conseguiu o neto que ela pensou que teria há cerca de um ano.

Ryan *deixou* todos comerem e então os jogos começaram. Max segurava Abby no quadril enquanto ele, Jason e Brandon conversavam. Logo, logo todos eles seriam pais. Eu esperava que o mundo estivesse pronto para a próxima geração de amigos a assumir o controle.

Depois de os jogos terem terminado, exceto o último, Brandon e eu caminhamos para a frente da sala, onde uma caixa grande continha os balões da cor do sexo do bebê que teríamos. O jogo era chamado "rosa ou azul". Todos tinham que escrever qual achavam que era o sexo.

Nós tentamos enganar as pessoas, dando-lhes um nome que daria certo para menino e menina. Alguns pensavam que apenas pelo nome saberiam o sexo. Kyle seria o nome do nosso bebê. Claro, Kyle é mais um nome de menino, no entanto, eu conhecia uma certa "dona de casa" que tinha o nome de Kyle.

Todos apresentaram suas escolhas e Brandon e eu nos olhamos e sorrimos.

— Pronta? — Brandon me perguntou.

— Sim.

Brandon cortou a fita da caixa enquanto eu segurava as abas para baixo. Quando ele terminou de cortar o centro da caixa com a tesoura, nossas mãos se afastaram lentamente da tampa e deixamos os balões azuis voarem.

Confira também o
desfecho dessa linda história de amor
sob o ponto de vista de
Brandon Montgomery,
no próximo e último livro da série:
Spencer para sempre.

CONHEÇA A SÉRIE B&S

TUDO O QUE EU PRECISO
LIVRO 1

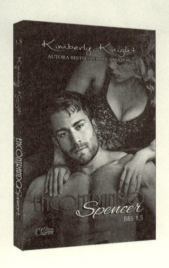

ENCONTRANDO SPENCER
LIVRO 1.5

CONHEÇA A SÉRIE B&S

TUDO O QUE EU DESEJO
LIVRO 2

DESEJANDO SPENCER
LIVRO 2.5

CONHEÇA A SÉRIE B&S

TUDO O QUE EU SEMPRE QUIS
LIVRO 3

SPENCER PARA SEMPRE
LIVRO 3.5
EM BREVE

Nota da Autora

Caro leitor,

Espero que tenha gostado de *Tudo o que eu sempre quis*. Para se manter atualizado sobre meus livros, por favor, assine a minha newsletter. Você pode encontrar os links no meu site: www.authorkimberlyknight.com. E também pode me seguir no Facebook: www.facebook.com/AuthorKKnight.

Obrigada mais uma vez. Você pode realmente me ajudar muito fazendo uma resenha deste livro ou de qualquer outro dos meus livros que tenha lido. O seu amor e apoio significam tudo para mim, e eu amo todos vocês!

Kimberly Knight

Agradecimentos

Primeiro, gostaria de agradecer ao meu marido por toda a paciência nestes últimos meses. Tem sido difícil tentar escrever e fazer malabarismos com a vida ao mesmo tempo, mas você me deixou viver o meu sonho, e isso é tudo o que eu poderia pedir. Este último ano foi difícil, mas estamos sobrevivendo!

Além disso, obrigada, Audrey Harte, por todas as horas que passamos fazendo *brainstorming* e editando capítulo por capítulo. Eu realmente, verdadeiramente, não poderia ter feito isso sem você, e sou muito agradecida por você ser parte da minha vida. Você pode imaginar quantos livros poderíamos escrever se vivêssemos na mesma cidade? Bem... talvez não escrevêssemos tantos assim, porque estaríamos no Cheesecake Factory todas as noites!

Para o "The Wingman" James Holeva, uau, por onde eu começo mesmo? Você entrou na minha vida no momento certo. Obrigada por sempre me fazer rir, pelos nossos telefonemas altas horas da noite que duravam horas, e por me ajudar a perceber com o que eu deveria ou não me importar. Obrigada por me ajudar com parte do capítulo dez. Sempre vou valorizar a nossa amizade e mal posso esperar até que você faça isso crescer e me escale como extra nas suas séries de TV *e* filmes! Então, fale sobre mim para suas "putas"!

E também às minhas leitoras beta: Brandi Flanagan, Donna Sabino, Kerri McLaughlin, Lori Keller e Stephanie DeLamater, obrigada por seus comentários honestos. Sei que é difícil ser honesto às vezes, mas vocês sabem que eu precisava disso! Além do mais, obrigada por serem administradores da minha Street Team e me ajudarem com todas as atribuições. Me desculpem se fui exigente às vezes, rsrs.

Falando da minha Street Team, os Steamy Knights, obrigada,

agradeço a vocês por toda a divulgação. Sem fãs como vocês, eu não estaria onde estou hoje. Continuem divulgando e continuarei escrevendo!

Para todos os blogueiros, obrigada por toda a divulgação e trabalho duro para me promover e aos meus livros também. Eu realmente amo todos e gostaria de poder dar o mundo para vocês!

Obrigada, Hope Welsh, por me ensinar o caminho das pedras e ajudar a ter uma melhor compreensão dos meus fatos. Aprendi muito sobre isso no ano passado.

HB Heinzer, Roomie, obrigada por todas as sessões de desabafo e pelo *brainstorming*. Um dia, o mundo saberá o que fazemos.

Além disso, obrigada pelo meu site e as muitas horas que vocês passaram adicionando tudo o que eu queria. Eu tento não ser chata, mas acho que fui!

Para todos os fãs que me enviaram mensagens privadas, orações e comentários quando souberam sobre a minha condição de saúde, obrigada. Nunca pensei que tantas pessoas se preocupassem comigo. Vocês me fazem querer continuar escrevendo para vocês. Vocês me fazem feliz e quero fazê-los felizes. Espero que todos continuem me acompanhando pelos meus muitos anos de escrita.

Lisa, da E. Marie Photography, obrigada por capturar a minha visão para todas as capas da série. São perfeitas!

Dave e Rachael, espero tê-los em algumas sessões de autógrafos num futuro próximo. Enquanto isso, comecem a economizar dinheiro para virem para a Califórnia, então poderão me visitar!

"The Wingman" James Holeva

wingmanchronicles.wordpress.com

www.facebook.com/Letsgetcreepin

Twitter: @WingmanBiz

Comediante Stacey Prussman

staceyprussman.com

www.facebook.com/staceyprussmanpage

Twitter: @staceyprussman

Modelo masculino da capa: David Santa Lucia

www.facebook.com/davesantaluciafitnessmodel

david.f.santalucia@gmail.com

Modelo feminino da capa: Rachael Baltes

www.facebook.com/sweettreatray

rachael.baltes@gmail.com

Fotógrafa: Liz Christensen

www.facebook.com/E.MariePhotographs

emc33photos@gmail.com

Maquiagem: Kimberly Bach

Kbbach214@gmail.com

Roupas da modelo feminina fornecidas por:

Queen of Diamonds Clothing Co.

www.facebook.com/qodcc

Sobre a Autora

Kimberly Knight é uma autora bestseller do USA Today, que vive nas montanhas perto de um lago com seu marido amoroso e Precious, seu gato mimado.

Em seu tempo livre, ela gosta de assistir seus *reality shows* favoritos na TV, assistir ao San Francisco Giants conquistar a World Series e ao San Jose Sharks mandar bem. Ela também venceu o câncer/tumor desmóide duas vezes, o que a tornou mais forte e uma inspiração para seus fãs.

Agora que mora perto de um lago, planeja trabalhar em seu bronzeado e fazer mais coisas ao ar livre, como assistir caras atraentes esquiando na água. No entanto, a maior parte do seu tempo é dedicada a escrever e ler romances e ficção erótica.

www.authorkimberlyknight.com

www.facebook.com/AuthorKKnight

twitter.com/Author_KKnight

pinterest.com/authorkknight

Entre em nosso site e viaje no nosso mundo literário.
Lá você vai encontrar todos os nossos
títulos, autores, lançamentos e novidades.
Acesse www.editoracharme.com.br

Além do site, você pode nos encontrar em nossas redes sociais.

 https://www.facebook.com/editoracharme

 https://twitter.com/editoracharme

 http://instagram.com/editoracharme